すてきなモンスター

本のなかで出会った空想の友人たち

アルベルト・マンゲル

野中邦子 訳

白水社

すてきなモンスター　本のなかで出会った空想の友人たち

装丁　細野綾子

プリンセスが大好きなアメリア、
そして
ドラゴンのほうが好きなオリビアに。

すてきなモンスター　目次

はしがき

「人間の子供ですよ」。ウシャギは待ってましたとばかり、アリスを紹介しようと正面に立ちはだかって、アングロ・サクソン流に両手をアリスのほうへ広げて「今日みつけたばかりなんだ。等身大で、実物そっくり！」。

「人間の子供なんて空想上のモンスターかと思っていた」とユニコーン。「生きているのか？」

「口がきけます」とウシャギが神妙にこたえる。

ユニコーンは夢でもみているみたいな目つきでアリスを見て、「何かいってごらん」。アリスは話すよりさきについ笑顔になりながら「どうかしら、あたしだってユニコーンさんのこと、空想上のモンスターとばかり思っていたの。生きているユニコーンなんて、見るのはじめて！」。

「なるほど、おたがいにいまこそ相見《あいまみ》えたってわけだ」とユニコーン。「あんたがおれを信じるなら、おれもあんたを信じる。ということで、どうだ？」

ルイス・キャロル『鏡の国のアリス』

観光ガイドはオデュッセウスやドン・キホーテの苦難の旅路をたどる体験ツアーをお勧めする。崩れかけた建物を指して、ここがデズデモーナの寝室だとかジュリエットのバルコニーだという。コロンビアのある村は、そこがアウレリャノ・ブエンディーアのマコンド村だと称し、フアン・フェルナンデス島は何世紀も前にたったひとりの帝国主義者たるロビンソン・クルーソーを迎え入れた島だと自慢する。長年のあいだ、イギリスの郵便局はベイカー街二二一番地Bのミスター・シャーロック・ホームズ宛ての手紙をせっせと配達し、その一方でチャールズ・ディケンズは『骨董屋』のリトル・ネルを死なせたといって責める膨大な量の手紙を受け取ってきた。私たちは生物学的見地から自分が血と肉を備えた生き物の末裔であることを承知している。だが、心の奥深くで自分はインクと紙から生まれた亡霊の息子であり娘だと知っている。はるか昔、ルイス・デ・ゴンゴラはこんな言葉でそれをいいあらわした。

嵩高い襞《ひだ》の上に築かれた彼の劇場で
盛り上がる場面を生み出した作者よ、眠れ、
亡霊たちが衣装をつけていままさに姿をあらわす。

「フィクション」という言葉が英語の語彙に加わったのは十五世紀初頭のことで、その意味は「発明された、または想像されたもの」だった。語源辞典によれば、この語はラテン語の動詞 fingere の過去分詞がフランス語経由で伝わったもので、もとは「粘土をこねてかたちづくる」という意味だった。つまり、フィクションとはいわば言語によるアダム、すなわち著者の思いどおりに原始の塵から形成されたもの、著者によって生命を吹きこまれたものである。だからこそ、フィクションに描かれた最良のキャラクターはゴーストのような見た目に反して、堅固な肉体をもつ友人たちよりもずっと生き生きとして見えるのだろう。物語の登場人物は筋書きに縛られるどころか、私たちが本を読むたびに物語の流れを変え、ある場面に光を当てるかと思うと別の場面を目立たなくし、なぜかすっかり忘れていた驚くべきエピソードを付け加えたり、前には気づかなかった細部をきわだたせたりする。時間についてのヘラクレイトスの警句はすべての読者にとって真理である——同じ本を二度読むことはけっしてない。

　本を読む人びとにとって、ページを通して世界の真理に目を開かれるという経験は珍しくない。『鏡の国のアリス』で、狭い塀の上に危なっかしく坐るハンプティ・ダンプティを見たアリスは心配して、地面におりたほうが安全ではないかと訊ねる。「そんなことないさ！」とハンプティ・ダンプティは不満そうにいう。「万一おっこちるなんてことがあったとしたら——ありえないけど——かりに、だぜ——」。そういうと唇をきっと結び、いかにもおごそかな勿体《もったい》ぶった顔つきになったので、アリスは笑いをこらえるのがやっとだった。「かりに落ちたとしても王様が約束してくれたからね——王様おんみずから、じきじきに——ええと——あれだ……」。「お馬や兵隊、総がかりで来てくれるって」。アリスはついうっかり口をはさんだ。「なんだって、けしからん！」ハンプティ・ダンプティはとたんにかっとのぼせあがり、「さては立ち聞きしたんだな――木のかげだの――煙突のなかだので――でなきゃ、知っているはずがない！」「そんなことまさか！」アリスはおっとりかまえて、「ご本に書いてあるでしょう」。真の読者ならアリスの説明を意外とは思わないだろう。

世界中の読者はシェイクスピアやセルバンテスのような作家に敬意を払う。だが希望に満ちた、またまじめくさった顔の肖像画として永遠の命を得た作者たち以上に確固たる実体をもつのは、作者によって不滅の生命を与えられた登場人物である。リア王やマクベス夫人、ドン・キホーテやドゥルシネアはそれらの本を読んだことがない人びとにさえ身近に感じられる存在だ。私たちはカルタゴの女王ディードーやドン・フアンの厄介な情熱のことはよく知っているが、ウェルギリウスやモリエールの生涯についてはそれほどよく知らない。ただしヘルマン・ブロッホの小説やミハイル・ブルガーコフの戯曲でその生涯が語られるとなれば話は別である。本を読む人びとはつねに知っている。私たちが現実と呼んでいる世界がフィクションの夢から生まれることを。

ダンテはこのことをよく心得ていた。『神曲』地獄篇の第四歌で、あらゆる希望が潰える恐ろしい門を通ったあと、ウェルギリウスはダンテに向かって、キリスト到来以前に生まれた義人の魂が住まう高貴な城を指し示す。ダンテはもの憂げな暗い目をした男女を眺め、そのなかにウェルギリウスの創作物である英雄アエネアスがいるのに気づくが、彼のことはたった二つの単語――ed Enea（とアエネアス）――でしか言及しない。ダンテにはわかっていたのだろう。『神曲』の主要な登場人物三人のうちの一人であるウェルギリウスに複雑な存在感を与えなければならないとしたら、架空の人物

(アエネアス)に彼の創造主たる人物(ウェルギリウス)と同じ文学的な重みをもたせるべきではない。アエネアスは『神曲』のなかに存在するとはいえ、その姿はただよう影でしかない。そのようにして初めて、ウェルギリウスの姿は歴史に残る『アエネーイス』の作者というだけでなく、ダンテの道行きにつきそう忘れがたい旅の仲間として読者の心に強く刻まれるのだ。

私が思春期のころ、変わり者の高校教師のおかげで生徒たちは現象学について書かれたエトムント・フッサールの著作を何冊か読まされ、理想に燃える心に憧れの念を抱いた。大人の世界では実体をもつものだけに価値があるかのように思えていたのだが、うれしいことにフッサールは実在しないものとのあいだにも絆が、それも深い絆が結べるといっていた。私たちの知るかぎり、人魚や一角獣は実在する生き物ではない。ただし中世の中国で編まれた動物寓話集によれば、一角獣がめったに目撃されないのは彼らがあまりにも内気だからだそうだ。フッサールがいうには、それでも人の心はおのずとそれらの想像上の生き物に向かい、自分たちと彼らのあいだに——詩的とはいいがたい言葉で彼が呼ぶところの——「通常の二項関係」が築かれる。私は何百という空想上の生き物とそんな関係を築きあげてきた。

しかし、物語に登場するキャラクターのすべてが読者の仲間として選ばれるわけではない。心から愛されたものだけが長年の友となる。私を例にとれば、痛ましい苦難の数々を経験する『いいなづけ』のレンツォとルチーアや『赤と黒』のマチルド・ド・ラ・モールとジュリアン・ソレル、やたらと身分にこだわる『高慢と偏見』のベネット一家にはそれほど共感がもてなかった。身近に感じられたのはモンテ・クリスト伯の燃えたぎる復讐心、ジェイン・エアの揺るぎない自信、ヴァレリーが描くテスト氏の理性的な憂鬱だった。もっと親密に感じられる仲間は大勢いる。チェスタトンの「木曜日だった男」はなぜか日常生活の不条理を受け入れる助けになってくれる。プリアモスは年下の友人の死に涙を流すことを教え、アキレウスは敬愛する年長者の死に涙することを教えてくれる。赤ずきんちゃんと巡礼者ダンテは、人生の道半ばで暗い森を通り過ぎるときの導き手となる。サンチョと同じ村に住んでいたが、モリスコ（改宗したムスリム）であるためにスペインから追放の憂き目に遭うリコーテは偏見という忌まわしい心の在り方を理解させてくれる。ほかにも大勢いる！

このような空想上のモンスターたちに備わった大きな魅力のひとつは、おそらく多面的で変幻自在なアイデンティティだろう。彼ら自身の来歴からして、小説の登場人物は本の表紙と裏表紙のあいだに——その空間が狭くても広くても——囚われたままでいることはない。ハムレットはすでに成長した姿でエルシノア城の胸壁のもとで生まれ、城内の宴会用の大広間に折り重なったたくさんの死体に混じって、まだ若いうちに死ぬ。だが何世代にもわたる読者たちは、そのフロイト的な子供時代と死後の政治的キャリア——たとえば第三帝国において、ハムレットはドイツの舞台で最も多く演じられた登場人物となる——の両方を包含するシナリオのない暗黒から彼を救い出してきた。親指トムはしだいにサイズが大きくなり、ヘレネーはしなびた鬼女となり、『ゴリオ爺さん』のラスティニャックはＩＭＦ（国際通貨基金）で働き、オデュッセウスはランペドゥーザ島の沖合で難破し、少年キムは英国外務省にリクルートされ、ピノッキオはテキサスの児童移民強制収容所で衰弱しつつあり、クレーヴの奥方は貧民街で働き口を探さざるをえない。年齢を重ねてけっして若返ることのない読者とちがって、小説に登場するキャラクターは読者が初めて物語を読んだときの姿をとどめ、また同時に、物語を読み返すそのときどきで姿を変えてゆく。想像上のキャラクターはプロテウスに似ている。ギリシャ神話の海の神プロテウスはポセイドンから森羅万象の姿に変身できる力を与えられた。ドン・キホーテは冒険に出かけたばかりのころ、隣人のひとりがあなたはご自分が愛読する騎士物語に登場する架空の人物ではないと説得しかけたとき、「わしは自分が何者であるか、よく存じておる」と答える。「しかもわしはいま申した二人だけでなく、フランスの十二英傑《ドセ・パーレス》のすべてにさえ、さらには全世界に名だたる九勇士の全員にさえなれるということを存じておるのじゃ。と申すのも、彼らが力を合わしてなした、あるいは個々になした武勲を全部寄せ集めたところで、わしのそれには及ばぬからじゃ」。ドン・キホーテは彼の読んださまざまな本にあらわれる無数の登場人物に感情移入して語る。

さらに語源を見よう。sympathy（共感）と同じく、empathy（感情移入）という単語は「耐え忍ぶ、または経験する」を意味するギリシャ語のパトス（英語ではpathos）から派生した。「感情をゆさぶられた」という意味のエンパシスという単語はギリシャ語の文献にはめったに出てこない。たとえばアリストテレスは論文『夢について』の第六巻でその言葉を一度だけ使っているが、それは敵が攻めてくる夢を見た臆病者がものすごい恐怖を感じたという文章だった。英語のempathyはかなり最近できた言葉である。一九〇九年にコーネル大学の心理学者エドワード・ブラッドフォード・ティチェナーが用いた新語で、ドイツ語のEinfühlung（共感、感情移入）に対応する英語だった。ティチェナーによれば、なにか、あるいはだれかに「気持ちを同調させる」という情動は、内面の葛藤を解決するための方策を外部の例に（アリストテレスのいう臆病者の夢のように）見出そうとする一種の戦略なのだ。共感は自己を治癒する、とティチェナーはいう。

デイヴィッド・ヒュームは早くからそれに気づいていた。一七三八年の『人間本性論』で彼はこう書いている。「これはじつに明らかなことである。われわれが他人の情念や気持ちに共感するとき、それらの動きは最初、われわれの心のなかにたんなる観念として表れ、他人に属するものとして受け止められる。また、同じく明らかなのは他人の感情についての観念が、それが表象しているまさにその印象へと転換されること、つまりわれわれが諸情念について抱く心象（観念）と一致する諸情念がわれわれのうちに生じることである」。その「他人」はかならずしも肉体や血を備えていなくてもよいとフッサールならいうだろう。

私自身の経験はフッサール流だった。人は自分の生涯を語るのにさまざまな手段がとれる。住んだ場所によって、かつて見た、そしていまでも思い出せる数々の夢を通して、また記憶に残る男女との忘れがたい出会いを通して、あるいはただ時系列に沿って並べることもできる。私の場合、つねに多くの本のページをめくりながら自分の生涯を振り返ってきた。読書は私の想像上の地理学をかたちづくり、親密な経験のほぼすべてを定義づける。私は自分が本質を理解していると信じるあらゆる事柄について一節ないし一行の文章を思い起こせる。

はるか遠くの本、はるか昔の本にも現在の経験が含まれる。このぎすぎすした時代の強制的な移住、けっして諦めない難民たち、亡命を希望してヨーロッパの岸に流れ着く難破船はすべて、故郷に帰ろうとするオデュッセウスの姿を映し出している。メキシコのグアダラハラ大学のある研究者が一九九二年に実施した調査では、インタビューを受けた移民労働者の一人がアメリカに来るまでの経験をこう語っている。「北は海に似ている。不法移民として旅をするとき、人は獣の尾のように、ゴミのように引きずり回される。海岸に打ち上げられるゴミを連想した。そしてこう呟いた。海中に投棄され、波に翻弄されるゴミと同じだ」。これはまさに、カリュプソのもとを離れ、ふたたび故郷のイタケをめざしながら、痛ましい結末になるだろうと覚悟するオデュッセウスの経験そのままである。「こういったとたん山の如き大波が頭上からすさまじい勢いで襲いかかって、筏《いかだ》をくるくると回転させ、たまらず彼は舵を手から放し、遠く海中に転落した。さまざまに風が混じって突風となり、凄まじく吹きつけてマストを真二つに折り、帆布も帆桁も遥かな海上に飛び散った。波の下になったまま時が経ったが、美貌の仙女カリュプソのくれた衣服の重みに妨げられて、激しく動く大波の下から、直ぐには浮き上がることができぬ。漸くにして浮き上がり、頭上から音を立てて、滝の如く流れ落ちる苦い塩水を吐き出した。激しい疲労の中でも筏のことは念頭から去らず、波間を必死に筏を追って漸く捉え、その中央に坐って死を逃れようとした。しかし潮の流れに沿って、大波が筏を絶えずあちらへまたこちらへとゆさぶってゆく。さながら秋の日に北風が、堅く絡み合った野茨の球を、野面をかすめて転がすときのように」。

この世で経験すること──愛、死、友情、喪失、感謝、動揺、苦悩、恐れ──そのすべてと変化していく自分自身のアイデンティティについて、私は鏡に映る自分のぼやけた顔や他人の目に映る自分の表情から学ぶよりもずっと多くを、本のなかで知り合った想像上のキャラクターから学んだ。T・S・エリオットは『荒地』にこう書いている。

きみに見せたいものがある──朝、きみの後ろを歩く

きみの影とも、夕方、きみの前に立ちはだかる
きみの影とも、違ったものを。
一握りの灰の中の恐怖を、見せたいのだ。

私が感じているのはまさにこれだ。

覚えているかぎり私が最初に知った「一握りの灰」すなわち「恐怖」は『グリム童話』に出てくるハンサムな「強盗の婿」だった。将来の花嫁は婿の家にこっそりやってきて、彼が人殺しの首領だと知る。樽のかげに隠れて見ていると、将来の花婿とその仲間たちは、泣きながら悲鳴をあげる娘を家に引きずりこむ。「彼らは娘にワインを飲ませた。三つのグラスになみなみと注がれたワインの一つは白、もう一つは赤、もう一つは黄色だった。飲まされた娘の心臓は二つに破裂した。すると彼らは娘の優美な衣服をはぎ取り、テーブルの上に横たえ、美しい体を切り刻むとそこに塩を振りかけた」。もちろん物語の結末では犯罪者の「悪行」に罰が下されるが、私にとってはそれで終わりではなかった。ロバート・ルイス・スティーヴンソンはくりかえし見る悪夢について書いている。「ある種の色合いの茶色、少なくとも起きているあいだは気にならないが、夢に出てくると恐ろしく忌まわしい」。切り刻まれた体の上にプリズムのように反射する三種類のワインの色に怯えながら、私は眠れぬまま長い夜を過ごしたものだ。

父は外交官だったので子供時代のほとんどはあちこち引っ越すことが多かった。私が眠る部屋、ドアの向こうで話される言葉、まわりの風景はたえず変化した。私のささやかな本棚だけが変わらなか

った。そして、またもやなじみのないベッドに寝かされたとき、本のページを開いてそこにいつもと同じ物語、いつもと同じ挿絵があると知ってほっと安心したことが忘れられない。家庭とは物語のなかにある場所だった。私が手にしている物質としての本のなか、そして印刷された文字のなかにあるものだった。『たのしい川べ』のモグラは外の大きな世界から自分の小さな家に戻ると、なじんだ部屋を見まわし、ここはなんと質素で単純だろうかと考え、それが自分にとっていかに大切なことかとつくづく思う。それを読んだときの気持ち、嫉妬にも似た胸の痛みをよく覚えている。モグラには帰る場所がある。「ひとのものでなく、ちゃんと自分のものである、この家へ帰ってこられるということ、そして、この家のものは、なにもかもみな、すなおによろこんで、じぶんを迎えてくれるのだ」。

愛が私のもとに来たのは八歳になるころだった。わが家はブエノスアイレスに戻り、自分の部屋が与えられたので本もそこに置くことができた。恐怖が来たのとほぼ同時期で、同じく『グリム童話』の「本当の花嫁」を通してだった。物語はシンデレラを微妙に変えたものだが、このカップルは最初から相手を恋人だと承知していて、いくつかの不思議な障害を乗り越えたあと、いつまでも幸せに暮らしました、となる。私はいつのまにか、顔も知らないまだ見ぬ恋人が私を待っているはずだと思いこんだ。やがて思春期になってエロチックな衝動を感じるようになると私は怖くなった。自分の感情をあたりかまわず表に出していたら、そんな衝動はぶざまで不愉快だと思われないだろうか。ジュリエットがロメオにいった言葉は、わざとらしい恥じらいなど無用だと教えてくれた。「それじゃあんまり呆気なさすぎるとお考えならば、私、怖い顔して拗ねてみせ、いや、と言ってもいいことよ。もっとも、そういえばきっと言い寄ってくださることが条件よ。でなけりゃ、いや、絶対に」。そのアドバイスに従ってはみたが、結果はまちまちだった。

　やがてついに初めて真剣な恋におち、困惑と安堵と勝利の入り混じった感情について知りたいと思ったときは、キプリングの『少年キム』の最後で老ラマ僧が自分の弟子《チェラ》のことをどう思っていたかを語る一節がそれをはっきりと説明してくれた。ラマ僧は「膝の上で手を組んだままほほ笑んだ。自分と愛する者の救済を勝ち取った者の笑みであった」。私はまた全身全霊を捧げた盲目的な愛について、マルグリット・ユルスナールが描いた東洋の物語「老絵師の行方」に出てくる首を切られた弟子、玲《りん》の言葉にその反響を見出した。汪佛《わんふぉ》は目の前にあらわれた弟子の幽霊に向かって「おまえは死んだと思っていたよ」という。すると玲はこう答える。「先生が生きておられますのに、どうしてわたしが死ねましょう」。まさにそのとおりではないか？

　サーデグ・ヘダーヤトは『盲目の梟』でこういっている。「生涯を通じて死は我々を差し招く」。『盲目の梟』やその他の物語のおかげで、いまの私はいざそれが近づいたとき、差し招く死に対処するガイドブックが身近にあると感じている。なによりもまず、それが名詞ではなく動詞だということを知っている。アンドレ・マルローの『王道』の語り手が苦悩する友人に向かって死について語ると、相手は激しい怒りの感情をあらわす。「ないさ……死なんて……ただあるのは……おれ……このおれが……死んでいく」。トルストイの『イワン・イリイチの死』の主人公は、終わりが近づいているという感覚をこのように語る。「汽車に乗っていると、前へ向かって走るつもりでいたところが実は後ろに向かっていて、突然本当の方向を自覚することがある」。彼のいわんとすることが私にはよくわかる。それでも自分の死が選べるとしたら、プルーストの大河小説『失われた時を求めて』に出てくる作家ベルゴットのそれを選ぶだろう。「弔の終夜、あかりのついた本屋のかざり窓に、三冊ずつ並べられた彼の著書がつばさを広げた天使たちのように通夜をしていて、いまは亡い人にたいする復活の象徴のように見えるのであった」。

暗い森を前にして、かかしがドロシーに与えた良識ある助言は、判断に迷うとき、苦悩のとき、疑いのときの私にも大きな助けとなった。「入口があるなら、出口もあるはずです」とかかしはいう。「道の向こう端はエメラルドの都だから、ぜひこの道を行かなくちゃ」。そのとおりだ。私たちの旅の仲間がかかしのように励ましてくれないとき、フアン・ルルフォの短篇小説「犬の声は聞こえんか」の老いた父親を思い出す。父親はけがをした息子イグナシオを遠い村の医者のもとへつれていくために背負って歩いていく。イグナシオは疲れ果てた父親を励ますために、村の犬の吠える声が——ほんとうは聞こえなくても——聞こえると答えるべきだということがわからない。「これが聞こえなかったのか、イグナシオ」と最後に父親は息子にいうが、そのとき二人は村に着いていた。「おまえってやつはこんなちっぽけな希望さえわしに与えちゃくれなかったな」。

友情、パートナーシップ、愛のこもった世話といった関係を構築するには、まだそこにないもの、得られないかもしれないものに耳を傾けようとする努力が必要だ。ヴァージニア・ウルフは『灯台へ』の冒頭でこの希望が叶えられない不満を描いている。ラムジー夫人は六歳の息子ジェイムズに「あした、晴れるようなら」灯台まで遠足に行こうと約束する。すると父親が応接間の窓の前で立ち止まってこういう。「そうは言ってもまず晴れそうにないがね」。そこでウルフはこう書いている。「もし手近に、手斧か火かき棒か、要は父さんの胸にぐさりと穴をあけて殺してやれそうな武器でもあれば、ジェイムズはすぐさま引っつかんでいたところだ」。私はしばしばジェイムズと同じ怒りの発作に駆られ、客観性を重んじる家父長的な世界に復讐したくなる。リア王の言葉を借りれば「きっとやるとも――なにをやるかまだわからぬが――必ず、世界じゅうが恐怖におののくようなことをやってみせるからな!」。

空想上の友人たちが私を助け、相談相手になってくれたのは、愛や死や復讐のためだけではない。執筆にさいしても彼らはときとして助けになった。インスピレーションが得られないとき、仕事に立ち向かわせるための最良のアドバイスはドロシー・L・セイヤーズの『学寮祭の夜』に出てくる探偵作家ハリエット・ヴェインの言葉だ。貴族探偵ピーター・ウィムジイ卿は前作で彼女を絞首台から救い出し、結婚したいという。だが、命の恩人である相手とバランスの取れた関係など築けるものだろうか?『学寮祭の夜』のなかで、ハリエットはウィムジイに宛てた手紙に彼の甥について言いにくいことを書こうとするが、適切な表現が思いつかない。何度も書き損じてはやりなおし、ついに自分に向かってこういう。「わたしったら、どうしてしまったのかしら? 決まった主題を素直に語る英語の文章を書くことが、なぜできないんだろう?」それから彼女は坐りなおし、手紙を書き上げる。仕事をやり遂げるうえで、この容赦ない忠告が何度私を助けてくれたことか。

ときたま、すぐれた助言だとは思ってもそれに従えないときがある。たとえば『不思議の国のアリス』に出てくる王様が白兎に向かってこういう。「初めから始めなさい。そして終わりまで続け、終わりでやめなさい」。あるいは『若草物語』のジョーは自分の部屋に閉じこもり、「書き物用のひとそろい」を準備して「渦巻に身を投じる」――と彼女はいう――のを常とし、心血を注いで小説を書き上げる。というのも「それが完成されるまで彼女の心は休まらなかったからだ」。私はこれほどのエネルギーをもって創作にとりくむことがめったにない。

私にとって信仰の礎であり、また真よりも真であり、そして時が経つにつれてその思いが強くなるのは、キプリングの短篇小説「アラーの目」で、僧院長が写本僧に向かって語る言葉である。「しかし、魂の痛みに対しては、神の恩寵のほかには、ただひとつの鎮痛剤があるだけだ。それは人間の技、学問、あるいはその他救いとなる精神の働きだ」。わが空想上の友人たちは、そんな救いとなる精神の働きを求める私の支えになってくれる。

とても説得力のある自伝『父と子――二つの気質の考察』でエドマンド・ゴスはこう書いている。厳格なカルヴァン派の信徒だった両親の家に小説をもちこむことは許されなかった。「幼い子供の頃、あの心を捉える『むかし、むかし』という語り口で私に語りかけてくれる人は誰一人いなかったのである。宣教師については聞かされたが海賊の話は聞かなかった。ハチドリについてはよく知っていたが妖精は聞いたことがなかった。巨人退治のジャックもルンペルシュティルツヒェンもロビン・フッドも知らなかったし、狼のことは知っていても赤ずきんちゃんは名を知らぬ人だった。主に『献供』されたという私からこのように世界を見るときの想像力を排除したのは間違っていたと言わざるをえない。親は私を『うそを言わない人』としたかった。そのために私は実証的かつ懐疑的になった。もし二人が私を、自然を超える柔らかな空想の衣に包んでくれたなら、私の精神はもっと長い期間、疑いを抱くこともなく、満ち足りて彼等の伝統に従っていたことだろう」。

私の世代にとって、もはや遠くなった幼年時代――自然を超える柔らかな空想の衣に包まれていた日々——の遊び仲間は、長くつ下のピッピ、ピノッキオ、海賊のサンドカン、魔術師マンドレイクだった。いまの子供たちならたぶんハリー・ポッターと仲間たちやモーリス・センダックのかいじゅうたちなのだろう。これら想像上のモンスターたちはなにがあっても動じないくらい誠実なので、私たちがどんなに弱くても欠点だらけでも気にしないでいてくれる。いまや体の節々が痛むせいで本棚のいちばん下の棚にさえ手が届かなくなりかけている私に、サンドカンはもう一度武器をもてと呼びかけ、マンドレイクは愚か者への復讐を果たすよう命じ、一方でピッピは慣習なんか気にせずにやりたいことをしようと忍耐強く誘いをかけ、青い髪の妖精の教えを聞かないピノッキオは、幸せになるのに正直で善良なだけではなぜだめなのかとくりかえし問いかける。そして、はるか遠く、はるか昔の私と同様、いまの私も正しい答えを見つけることができない。

すてきなモンスター

ムッシュー・ボヴァリー

二人のうち、彼は第二ヴァイオリンであり、より平凡で、衝動に欠けるほう、分に見合った無名の存在に甘んじ、フローベールが「これは私だ」といわないほうである。彼はエンマに不貞の口実を与える存在だが、そもそも彼は妻に貞節を求めたことなどない。単純で勤勉な生活を規則正しく営む人間であり、意外性のない穏やかな満足以上の望みはもたない。たしかに魅力には欠ける。彼にたいして強烈な情熱を抱く人はおらず、彼が夜のバルコニーによじ登ったり雪原で決闘に挑んだりする姿はとても想像できない。それでもムッシュー・ボヴァリーはぜったいに必要な登場人物である。『ボヴァリー夫人』の冒頭と最後に出てくるのはエンマではなくムッシュー・ボヴァリーであることを思い出そう。彼がいなければ、エンマは存在意義を失い、ロマンチックなヒロインになることもなく、情熱や恍惚たる喜びを知ることもなかった。はっきりいわせてもらおう。ムッシュー・ボヴァリーがいるからこそ、ボヴァリー夫人は悲劇的な運命を完遂できるのだ。

シャルル・ボヴァリーに想像力が欠けているのは事実である。どことなくそっけない態度はモノク

ロで描かれた味気ない人生からもたらされたものだ。少年の頃から少し変わり者だった。小説の冒頭でフローベールは彼を不器用で臆病な思春期の少年として描いている。教師に質問されて自分の名前さえはっきりいえないような少年だ。頼りがいもなく、やさしさを感じさせるところもない。初めて登校した日、教師は彼に「私は愚かです」という文章をラテン語で二十回書かせる。少年は不平もいわない。やがて彼に医学を学ばせると決めるのは父親だし、住む場所を選ぶのは母親である。こうしてムッシュー・ボヴァリーとなったシャルルはすべての判断を他人まかせにするようになる。

芸術が描き出す真理は彼の魂にとって理解を超えるものである。エンマが自分のモデルを見出した感傷的な小説（「女たちの小説」と彼はいう）は、彼にとっては意味がない。ムッシュー・ボヴァリーにとって、フィクションは存在しないも同然なのだ。エンマとともに劇場で『ランメルモールのリュシー』のエドガールがヒロインに熱烈な愛の告白をしているのを見て、彼はいう。「いったいどうして、あの男はああまでいじめるんだい？」エンマはじれったそうに答える。「そうじゃないのよ、恋人なのよ」。シャルルはまだ理解できない。「静かにしていらっしゃいな！」エンマはぴしゃりという。彼は悪気なさそうに弁解する。「知ってのとおり、ぼくは性分としてわかりたいほうでね」。オペラを観ているときと同じく、現実の世界でも情熱的な愛は説明不可能なものだということをエンマは夫にわからせようとするが、彼は納得しない。ものごとを理解する気がないなら永遠にあきらめるしかない。その手のことにかんして、ムッシュー・ボヴァリーはほとんどつねに部外者のままである。

リュシーの悲劇的な物語とドニゼッティの音楽からエンマは自分が結婚した日のことを思い出す。舞台の上で演者たちがくりひろげる恍惚とした情熱にくらべて、はるか昔に経験した喜びは彼女にとって「欲望への期待がないがゆえに考え出された嘘」に思えた。これは奇妙な見方である。エンマは芸術作品を人の欲望から生じるのではなく、欲望の欠如から生じるものと考えている。このことはフローベール自身について、人生をかけてエロチックな幻想を満たしてきた（満たそうと試みてきた）男について、なにを語るだろう。エンマの口を通して語らせたことが彼の本心だとしたら、私たちは——私たち、すなわち読者は——なにを信じるべきだろう。彼自身の欲望？　それとも彼の芸術？結局のところ、「エンマ・ボヴァリーは私だ！」というのがフローベールの最もよく知られた言葉である。

文学作品に描かれた配偶者がすべて控えめな存在というわけではない。アンドロマケー、クリュタイムネストラ、マクベス夫人はそれなりの役割をもっているし、夫以上に迫力があり、記憶に残る。たしかに、アセルバス（ディードーの夫）、ドニャ・ヒメナ（エル・シッドの妻）、アレクセイ・アレクサンドロヴィチ・カレーニン（アンナ・カレーニナの夫）はなんとなくぱっとしないが、シャルル・ボヴァリーのような、控えめでありながら同時に均衡を保つためにどうしても必要な存在とは思えない。

情熱、想像力、独創性、性的魅力——ムッシュー・ボヴァリーはこのすべてを欠いているかもしれないが、愛だけはある。ムッシュー・ボヴァリーは妻を愛している。エンマの死後、彼は妻を忘れまいと努力するが、日を追うごとに愛しい面影はしだいにかすんでゆき、哀れなムッシュー・ボヴァリーは悲しみのなかに残される。夢のなかでだけ、かつての姿のままの妻と会える。毎晩、彼は妻を目にし、彼女に近づこうとするが、抱きしめようとしたとたんエンマの姿は朽ち果ててしまう。

エンマが死んだあと、文学的な公平性の一例として、ムッシュー・ボヴァリーは妻の情事の場となった庭のベンチに坐ったまま息を引き取る。死の前に彼は妻の愛人を赦し、もう恨んではいないと話す。そしてはっきりと口にする。「運命のいたずらです!」それが彼の最後の言葉だ。死後の辱めのように、フローベールは意地悪くもこの哀れな男の陳腐さを描き出す。未来の道化たち、ブヴァールとペキュシェならさぞかし喜んだことだろう。

しかし、そこには矛盾がある。フローベールがはっきり見下していたくだらないロマンス小説、エンマをあれほど喜ばせ、まちがいなく彼女の不運の一因となったそれらが、ムッシュー・ボヴァリーにふさわしい墓碑銘を与えるのだ。エンマの墓には「汝が踏みつけるは、愛しき妻なれば」という言葉が刻まれる。感傷的でもなく、滑稽でもなく、ただグロテスクなだけだ。それでも、私たちが日々を送る人生において——それが悲劇だろうと幸福だろうと関わりなく——結局のところ悪いのは運命だというとき、たしかに陳腐な表現とはいえ、そこには少なからぬ真実がある。運命を受け入れることは普遍的で、文学的で、またあえていうならば、勇敢な行為である。

赤ずきんちゃん

物語の登場人物のなかには（白雪姫のように）名前が肌の色をあらわしたり、（スパイダーマンのように）能力をあらわしたり、（親指姫のように）サイズを示したりする者がいる。また、服装がその人をあらわすこともある。丈の短い真っ赤なケープは、十七世紀末にシャルル・ペローが作り上げた冒険好きな女の子を意味する。無邪気なまま人を誘うようなところがあり、控えめさと大胆さを併せもち、そこはかとない魅力を発散させている。そのせいか、大人になったチャールズ・ディケンズは彼女が初恋の人だったと打ち明けている。「赤ずきんちゃんと結婚できたらいいなと思った」と彼はいう。「そうしたらこのうえなく幸せだっただろう」。

　赤ずきんちゃんの物語はよく知られている。（病気のおばあさんにケーキと壺入りのバターを届けるよう）母にお使いを命じられ、（この物語の中心をなす）嘘つきのけだものと出会い、途中で（ドングリを拾い、蝶々を追いかけて）寄り道をし、おばあさんが（ヨナやゼペット爺さんの運命にも似た）悲しい運命に陥り、おばあさんになりすましたけだものに（民話にはよくある問答形式で）問い

かけ、おばあさんの格好をした狼がそれに答えて、ついに悪者の真の姿が明かされる。

この物語に先立つものとしては十三世紀にアイスランドで編纂された『古エッダ』がある。それによると、いたずら好きの神ロキは巨人の王スリュムに、なぜ花嫁（ほかならぬ雷神トールが変装した姿である）がまったく女らしくない容貌なのかを説明しなければならない。

そのご婦人が鮭を八尾と牡牛一頭をまるごとたいらげたのを見て、スリュムは「これ以上大喰いの花嫁を見たことがあるか」といぶかしげにいう。

「あなたに会いたくてたまらなかったからですよ」とロキは答える。「八日間というもの、なにも召し上がらなかったのです」。

花嫁のヴェールの奥の激しい稲妻のような目に気づいて、スリュムは「なぜあんなに恐ろしげな目つきをしているのだ」と訊ねる。

「あなたに会いたくてたまらなかったからですよ」とロキはまた答える。「八日間というもの、一睡もなさらなかったのです」。

私たちの物語には異性装の登場人物が大勢いる。シェイクスピアの作品には——ロザリンド、ポーシャ、イモージェン、ヴァイオラなど——男装する女性がちょくちょく出てくるし、女装する男性も同様だ。フォルスタッフはフォード夫人の女中の叔母だという大女のふりをする。ハックルベリー・フィンは女の子の格好をしてサラまたはメアリーと名乗り、ロチェスター氏は老いたジプシーの女占い師に化け、『たのしい川べ』のヒキガエルは洗濯ばあさんに扮する。すべては自分自身と相容れない類型的な人格を演じ、問答を重ねることで生き延びる。

赤ずきんちゃんの信条はヘンリー・デイヴィッド・ソローのそれ、つまり市民的不服従である。母の頭ごなしの言いつけには従わなければならない、と赤ずきんは承知している。ただし、好きなだけたっぷり時間をかけるつもりだ。AからZまで最短距離で行くのは赤ずきんのやり方ではないし、狭い道をまっしぐらに進むのも嫌いだ。『キャッチャー・イン・ザ・ライ』のホールデン・コールフィールドもいっている。「問題はですね、僕はなにしろ誰かの話がわき道にそれるのが好きだってことにあるんです。だってその方が話がずっと面白いんだから」。赤ずきんが寄り道をするから、森は生きはじめる。狼、木こり、おばあさんの波乱に満ちた冒険も同じだ。赤ずきんの気まぐれな心がなければ物語は始まらない。

エレアのゼノンは運動不可能説を唱えた。ある地点から次の地点へ進むには、二つの地点のあいだにある中間地点に到達しなければいけない。そして、そこに至るには、出発点から中間地点のまた半分の地点まで到達しなければいけない。それが永遠につづく。赤ずきんはゼノンの説が誤りであることを証明する。それらすべての中間地点があるからこそ運動は可能なのだ。風景のなかの中間地点は木苺が成っているところ、ドングリがたくさん落ちているところ、摘まれるのを待っている花が咲いているところである。狼の存在でさえ、おばあさんの家へ行くまでのひとつの中間地点でしかない（おばあさんの家にはいつか着くはずだ）。なぜなら、この聞き分けのない女の子（母の言うこともきかず、ソクラテス以前の法にも従わない）はどこでも好きなところで寄り道をするからだ。赤ずきんは個人の自由の象徴である。だからこそフランス革命の自由の女神たるマリアンヌの頭巾も赤い色なのだろう。

赤ずきんちゃんの物語は語り手によって変わる。ペローの物語では、赤ずきんは狼に呑み込まれて、それで終わりだ。のちの異なる版ではもっと情け深くなって、あわやという瞬間にさっそうと登場した木こりが、狼の牙から赤ずきんを救い、帝王切開手術のようなやり方で、おばあさんを狼の腹のなかから助け出す。ペローは赤ずきんが偽のおばあさんのベッドに入るシーンは描いていないが、物語をしめくくる教訓からも、ペローが思い描いていた狼がどんなものかは明らかだ。「すべての狼が同じとは限りません」とペローは書く。「ずるがしこく、思惑を隠したまま、性急さも意地悪さも見せず、控えめで愛想がよく、礼儀正しい態度で若い娘たちの家まで、それどころかベッドのなかまでついてくる者もいます。だが、ご用心！　すべての狼のなかで、そのような口のうまい狼ほど危険なものがありましょうか？」

この狼の手口は私たちが思う以上によく使われてきた。ペローの同時代人である悪名高いアベ・ド・ショワジもこのような紳士らしからぬ振る舞いをした。彼は少年のころから（と本人が回想録で語る）女装するのが好きだった。その趣味を楽しむために短期間の休暇を過ごしたブールジュでマダム・ガロワという女性と知り合うが、その末娘はとても可愛い子だった。ある夜、マダム・ガロワはこの娘を客人と同じベッドでいっしょに寝かせてもかまわないだろうかといいだす。フリルのついたネグリジェにリボンのついたナイトキャップ姿のアベ・ド・ショワジは喜んでと答えた。しばらくすると、少女が声をあげた。「ああ！　なんていいの！」「眠れないのかい、娘や？」とその声を聞いた母親がいった。「ベッドに入ったときに冷たかっただけよ」と賢い少女は答えた。「でもいまはもう暖かいから、とてもいい気持ち」。

そんなけしからぬ行為からおよそ百年後、マルキ・ド・サドは赤ずきんの物語に別の読み方ができることを看破していた。「狼が獲物を狩る行為を当然とするのは恥ずべきことではない」と彼はシャラントン精神病院の個室から警告した。これが真実なら——赤ずきんがなにをしても結局は狼のベッドに引き入れられるのなら——赤ずきんにはそこから逃れるための戦略が二つある。一つめはしかたなく犠牲者の立場に甘んじること（サドが『ジュスティーヌあるいは美徳の不幸』で発展させたテーマ）であり、二つめはみずから愛人としての運命を選び取ることである（こちらは『ジュリエットあるいは悪徳の栄え』で追求された）。

この二つの戦略からはそれぞれ末裔が生まれた。前者の娘たちはデュマの椿姫、ベニート・ペレス・ガルドスのマリアネラ、ディケンズのリトル・ドリット。後者の娘たちはジョージ・バーナード・ショーのウォレン夫人、ナボコフのロリータ、バルガス＝リョサの悪い娘である。だが、赤ずきんは同時に両方のタイプでいられる。誘惑されながら誘惑し、世知にたけているとは思えない無邪気さで森のあちこちをうろつきまわり、悪い狼を恐れず、自由である。

ドラキュラ

十五世紀のあるとき、ワラキア公ヴラド・ドラクレシュティは現在のルーマニアにあたる地域の大半近くを支配していたが、そのあまりの残忍さに、臣民は公の好んだ拷問の方法にちなんで主君を串刺し公ヴラドと呼んだ。犠牲者の数の多さ（一万人以上）や他者を苦しめて喜ぶという性癖（人間の血の匂いのほうが鴨のローストのプラム添えの匂いより元気が出るといっていた）はあったにせよ、ヴラド・ドラクレシュティは彼の先達や後輩にあたる大勢の暴君――たとえばヘロデ王や皇帝ネロ、ポル・ポトやスターリン――とさほどちがいはなかった。しかし、ミューズが文学の世界で名を残すように選んだのは、オスマン帝国の仇敵たるこの残忍なワラキア公だった。

一八九七年、名優ヘンリー・アーヴィングの秘書でツアーマネジャーだったアイルランド人のブラム・ストーカーは執筆に専念しようと決意し、同国人のシェリダン・レ・ファニュが書いた吸血鬼の物語にヒントを得て、恐怖小説を発表した。ワラキア公をヴィクトリア朝にふさわしく変身させて造形した主人公は、いまや犠牲者を串刺しにする代わりに嚙みつくようになっていた。傲岸不遜なドラ

クレシュティは国籍をハンガリーに変え、名前を前半だけ残してドラキュラとなり、作者であるストーカーの時代から連綿として恐怖を呼び起こしてきたゴシック・ホラー的な要素のほとんどを身に帯びることとなった。血、墓、夜、寒さ、蝙蝠、牙、そして黒いマント。なににもまして、血。

この主人公のために作者が構築した物語はあらゆる意味で血にまみれている。旧家の伯爵の血管には貴族の血が流れていて、血に飢えたこの生き物は夜な夜な血を飲まなければならない。そこには(遠回しに)ヴァンパイアの悪魔崇拝儀式によるキリストの血への嘲笑が見られ、また産業革命が生んだ中産階級という平民の血で支えられる政治権力にたいする皮肉もある。そして人体の地理学において、皮膚の下に流れる血が外界に出てゆく地点——噴水の出口、致命的な放出口、オルガスムの共鳴装置——は首にある。

ドラキュラの物語は首についての物語だ。首こそ、このドラマがくりひろげられる舞台である。薄物のネグリジェをまとった夢遊病の女たちの首、伯爵に逆らう者どもの生意気な首、彼を追いつめようとする連中が突き出す恐れ知らずの首、無垢な犠牲者たちの穢れのない首。そもそも首の魅力とはなにか?　シェイクスピアの同時代人であるモーリス・セーヴによれば、創造主は美を顔という「ささやかな領域」にとどめないよう、それを象牙色の首にまで広げたという。セーヴは首を「枝、祭壇を支える円柱、ヴィーナスの手紙を載せる書見台、純潔の高脚酒杯」と呼ぶ。

だがなぜ、人体を構成するあらゆる部分のなかで、この特定の場所、胴体から頭部へと至るのに必須の通り道である首が、誘惑者の唇、殺人者の手、処刑人の斧、怪物の牙を惹きつけるのだろう?　さらけ出されたこの繊細で感じやすい部分がエロチックな暴力の熱を——あるいはただの暴力の熱を

――呼び覚ますのはなぜか？　おそらく、体のどの部分にもまして、首にはたった一枚の薄い皮膚の下に入り組んだ神経と大事な血管が隠されているからこそ、ヴァンパイアは謎に満ちた未踏の地を目指す探検家のように、人間という存在の真髄に至るかもしれない地下の領域、薄暗い禁断の世界になんとしても侵入したいと欲するのだろう。自分が死すべき存在であると――その点は私たち全員と同じだ――知っているドラキュラ伯爵は生命の源泉を求めて探索する。

　こうして、思春期の夢の上には陰鬱な伯爵の影が覆いかぶさることになる。子供から大人への過渡期にある十代の若者は年長者の恥ずべき行為への入門儀式に憧れと恐れを抱くからだ。同じように、老人の夢の上にもそれは影を落とす。生涯の終わりに、人は取り戻せないものを欲しがるからである――たるみのない肌の感触、若い唇の暖かさ、熱い血の脈動。ジャン・ド・マンは薔薇についての長篇詩のどこかで、若さの泉は水ではなく血を噴き出すといっている。

　血の伝道者、夜の領主、寝室という私的な空間で眠りに侵入する者、墓に縛りつけられた存在であるにもかかわらず、ドラキュラ伯爵は死ぬことができない。そんな条件にたいしてヴァン・ヘルシング博士がくりだす策略――十字架、ニンニク、恐れてなどいないというふりの諷刺や嘲笑、怪物の確固たる存在を否定する厳密な科学的法則――はすべて無効だと小説の作者は断言する。これらすべての方法を試してみても、ドラキュラ伯爵は何度でも蘇る。小説家や映画製作者が与えた別の名前、アン・ライスとステファニー・メイヤーの小説でくりひろげられる新しい冒険、マックス・シュレック、ベラ・ルゴシ、トム・クルーズといった俳優たちが作り上げた多彩な個性はすべて無に帰す。この荒廃した現代という時代に、ドラキュラ伯爵こそ必要とされる怪物なのだという事実を、私たちは受け入れなければいけない。

アリス

文学史上、正確に日時が特定できるすべての奇跡的な出来事のなかでも、アリスの誕生ほど驚くべき事件はめったにない。一八六二年七月四日の午後、チャールズ・ラトウィッジ・ドジソン師は一人の友人とともに、クライスト・チャーチの学寮長だったリデル博士の小さな娘三人をつれてオックスフォード近郊のテムズ川で距離にして五キロほどのボート遊びに出かけた。少女たちからお話を聞かせてとねだられたドジソンはお気に入りの遊び仲間だった七歳のアリスを主人公にした物語を即興で作り上げた。「ときどき、私たちをからかうんです」とアリス・リデルは後年回想した。「ミスター・ドジソンは急に話をやめて、こういいます。『つづきはまた今度』。『いや、つづきはいまよ！』と私たち三人は声をあげたものよ。しばらくせがんだあと、やっとお話のつづきが始まるんです」。帰ってから、アリスはそのお話を書いてほしいとドジソンに頼んだ。彼はやってみると答え、ほぼ一晩かけてそれを紙に書き記し、その物語に『地下の国のアリス』という題名をつけた。三年後の一八六五年、この物語はロンドンのマクミラン社から「ルイス・キャロル」の筆名のもと、『不思議の国のア

リス』というタイトルで刊行された。

アリスの冒険物語が川遊びのあいだに作られたというのはほとんど信じがたいことだ。アリスの墜落と冒険、その出会いと発見、三段論法と語呂合わせと巧妙なジョーク、それらすべてがすばらしく、また破綻なく展開してゆく、そんな物語がその場で生まれ、即興で語られたというのはまさに奇跡としか思えない。だが、完全に説明のつかない奇跡はない。たぶんアリスの物語には、その成り立ちについて語られる表向きのエピソード以上に深いルーツがあるのだろう。

アリスの本は他の子供向けの物語とは読まれ方からしてちがう。その地理学には、たとえばユートピアやアルカディアのような、どこか神話的な場所の強い反響が感じられる。『神曲』では、煉獄の山の頂で守護霊がダンテに向かって、詩人たちがうたう黄金時代とは、無意識のなかに残っている失楽園の記憶、つまり完全な幸せが失われた状態なのだと語る。もしかしたら、不思議の国とは無意識のなかに残る完璧な理性の記憶なのかもしれない。現在の社会的、文化的なしきたりという目を通してみると、その世界は完全な狂気のように思える。アリスのあとを追って兎の穴に落ち、赤の女王が統治する迷路のような王国を抜けて、さらに鏡の向こう側にまで入りこもうとする者はだれでも、それが初めての経験ではないと感じる。創作の現場に居合わせたといえるのはリデル家の三姉妹だけだが、そのときでさえ少女たちは既視感を抱いたにちがいない。その最初の日から、不思議の国とチェスの王国は普遍的な図書館の一部になった。エデンの園と同じように、たとえ足を踏み入れたことがなくても、人はみなその存在を知っている。アリスの地理学（ただし、その場所はどんな地図にも載っていない。メルヴィルがいうように「真の場所が地図にのることはない」のだ）は私たちの夢の人生にくりかえしあらわれる風景なのである。
　なぜならアリスの世界は——もちろん——私たちが生きているこの世界だからだ。抽象的な象徴言語で書かれたものではなく、計算された寓話でもなく、ディストピアの物語でもない。不思議の国はたんに私たちが日々目にしている狂った場所であり、そこでは天国、地獄、そして煉獄の日常がくりかえされる——私たちが人生をさまよい歩くときにどうしても通過しなければならない場所なのだ。この旅路を行くアリスには（私たちと同様）たったひとつの武器しかない。それは言葉だ。私たちがチェシャ猫の森やハートの女王のクロッケー場を行くとき、道を切り開いてくれるのは言葉だ。アリスがものごとの真の姿と見かけだけのちがいを知るときに助けになるのは言葉だ。不思議の国の狂気——それは現実の世界と同じく陳腐な世間体という薄い膜で隠されている——を暴くのはアリスの問いかけである。すべてにモラルを押しつける公爵夫人のように、私たちはどれほどばかげていようと狂気のなかに論理を見出そうとするかもしれないが、じつのところチェシャ猫がアリスに語ったように、それにかんして私たちに選択肢はない。どの道をたどろうと、やがて自分が狂人たちのただなかにいることに気づく。そして、私たちはできるかぎりの言葉を用いて、なんとか正気を保とうと努力せざるをえない。言葉がアリスに（そして私たちに）暴いてみせるのは、この混沌たる世界では一見理性的に思われる表面の下で私たち全員が狂っているという厳然たる事実である。アリスと同じく、私たちは自分と他の人びとすべてを自分の流した涙で溺れさせかねない。ドードーと同じく、私たちはどちらの方向へ行こうと、また走り方がどんなにへたでもみんなが勝者となり賞品をもらうべきだと思いたがる。白兎のようにあれこれと命令し、他の人びとが自分のいうことに（かしこまって）従うのが当然だという態度をとる。イモムシのように、私たちは同じ生き物である同類の存在意義に疑問を呈しながら、自分のそれについては——たとえその存在が崩れる寸前だとしても——まったく疑わない。公爵夫人のように、私たちは若者たちの不愉快な態度を罰することになんら疑問をもたないが、そんな態度をとる理由については知ろうともしない。帽子屋のように、私たちは大勢の席が用意されたお茶のテーブルで食べたり飲んだりする権利が自分だけにあると思い、渇いて飢えた人びとに皮肉を交えてワインを勧めるが、そのワインとジャムは今日以外はいつでもあるという。ハートの女王のような独裁者の支配のもとで、私たちは不適切な道具——ヤマアラシのようにどこかへ転がっていくボール、生きたフラミンゴのようにくねくねと曲がるスティック——を用いて狂ったゲームをさせられ、いうとおりにしなければ首をはねると脅される。グリフォンとウミガメモドキがアリスに語るように、私たちの教育法はノスタルジーにふける（笑うことLaughing［ラテン語］と嘆きGrief［ギリシャ語］を教える）か、または他者のためになにかをする訓練（ロブスターを海に投げこむ）なのだ。そして私たちの司法制度は、カフカが記述するよりずっと前から、ハートのジャックに下された裁定のように不可解かつ不公正である。しかし、この本の結末のアリスのように勇気をもって自分の信じることのために（文字どおり）立ち上がり、はっきり異議を申し立てられる者はめったにいない。市民的不服従を示すこの勇敢な行動によって、アリスは夢から覚めることが許される。もちろん、私たちにはそれが許されない。

旅の仲間である私たちは、自分たちの人生のあらゆる瞬間に経験する主題をアリスの旅に見出す——夢の追求と喪失、その結果としての涙と苦しみ、生存競争、強いられた隷属状態、自分自身を見失うという悪夢、機能不全に陥った家庭の不幸、ばかげた調停に従わなければならないこと、権威の濫用、歪んだ教育、見逃される犯罪や不公平な罰則にたいしてなすすべのない知識、不合理にたいする理性の長きにわたる戦い。そのすべて、そして蔓延する狂気の感覚、それこそがアリスの本の要約だといっていい。

『ハムレット』には「真の狂気を定義するは、それこそまさに狂気の沙汰」というせりふがある。アリスは同意するだろう。狂気とは、狂気ではないものすべてを排除することだ。したがって不思議の国にいる全員がチェシャ猫の言葉（「ここじゃあみんな気がくるっている」）のもとに置かれる。だが、アリスはハムレットではない。アリスの夢は悪夢ではない。アリスはけっして意気消沈せず、あいまいな法の手に自分をゆだねることもない。一目瞭然のことに証拠を求めたりせず、ただちに行動を起こそうとする。アリスにとって、言葉はただの言葉ではなく、命をもったものなのだ。そして考えるだけでは事態をよくすることも悪くすることもない。アリスは自分の確固たる肉体をぜったいに溶かしたくないし、急に大きくなったり小さくなったりもしたくない（とはいえ、庭につづく小さなドアを通るために、「望遠鏡みたいに伸び縮みできたらなあ！」とは思う）。アリスは毒を塗った刃や毒入りの杯に――ハムレットの母のように――屈したりはしない。「ワタシヲオノミ」と書かれた瓶を手にしてアリスが最初にしたのは「毒薬」と書かれていないかどうか確かめることだった。「なぜって、これまでアリスが読んだことのあるすてきなお話では、子どもがやけどしたり、野獣に食べられたり、いろいろひどい目にあってしまうのは、お友だちがせっかく教えてくれたかんたんなきまりを忘れてしまうからなのです」。アリスはデンマークの王子よりずっと分別がある。

それでも、白兎の家に詰めこまれたアリスはそこから自由になれたらいいのにと――ハムレットと同様――思ったにちがいない。ただし、広い場所に出られて王様（か女王様）になるとしたら、アリスはよくよく考えたりはしない。アリスは玉座を求め、『鏡の国のアリス』では約束された王冠を得るためにがんばる。エリザベス朝のゆるやかな規範ではなく、ヴィクトリア朝の厳格な規範のもとで育ったアリスは鍛錬と伝統を重んじる。だから不平をいったり、ぐずぐずためらったりするひまはない。冒険全体を通じて、アリスはいかにも育ちのよい子供らしく、不条理にたいして単純な論理で立ち向かう。伝統（現実を人工的に構築したもの）はファンタジー（自然のままの現実）に対立するものとしてある。アリスは論理こそがナンセンスを解きほぐし隠された法則を暴くための私たちなりの方法だということを本能的に知っていて、それを容赦なく適用する。相手が年上でも目上でもおかまいなし、公爵夫人だろうが頭のおかしい帽子屋だろうが、ひるまない。そして議論しても無駄だとわかると、アリスは少なくともその状況が不当でばかげていることを率直に指摘する。ハートの女王が法廷で「刑の宣告が先――評決はあとまわし」というと、アリスは当然のようにこう答える。「ばかばかしい！」この現実世界における理不尽な行為の大半にふさわしい唯一の答えではないか。

　それでも不思議の国と同じように一見狂っていると思えても、私たちの現実世界はまるで焦らすように、そこにはちゃんと意味があり、その「ばかばかしさ」の裏を鋭く見据えれば、すべてを説明するなにかが発見できるはずだと示唆する。アリスの冒険は不可解なほどの正確さと一貫性をもって進行するので、読者である私たちは不条理だらけの世界でしだいに、なんとも説明のつかない感覚を抱きはじめる。この本はまさに禅の公案か古代ギリシャのパラドックスのようなものだ。意味ありげな謎に満ち、同時に説明不可能であり、あと少しでなにかがひらめく、という感じ。アリスのあとを追って兎の穴に落ち、冒険の旅をたどるときに私たちが感じるのは、不思議の国の狂気が恣意的なものでも無邪気なものでもないということだ。ルイス・キャロルが私たちの目の前に広げてみせる半ば叙事詩、半ば夢の創作物は、堅牢な大地と妖精の国のあいだのどこかになくてはならない空間、多少なりとも明晰な形で宇宙を眺められる見晴らしのよい地点をひとつの物語に変換したものなのだ。ドジソン師を魅了した数式のように、アリスの冒険は確固たる事実であり、高度な創作でもある。それはふたつの平面に同時に存在する——ひとつは生身の人間の現実、もうひとつは再考し変貌させることが可能な現実である。木の枝にいるチェシャ猫が人を戸惑わせるその姿から、驚くべき（そして人を安堵させる）笑いだけを残して消え去るように。

ファウスト

ファウスト博士（あるいはフォースタス博士）は年寄りである。ファウスト博士は過去をなつかしむ。過去をなつかしむのは彼が老人だからである。若者にとって憧れとは未来の時間を思うことであり、過去をふりかえることではない。博士が追い求めるのは自分が若者だったはるか昔に失ったもの、あるいは失ったと思いこんでいるものだ。それは一六〇四年にクリストファー・マーロウが、そしてその二世紀後にゲーテが想起した状況である。ファウストは年長者の叡智という特権を享受しながら同時に若者でなければできない恋愛も楽しみたいと願う。博士のかつての弟子ヴァーグナーによれば、この諸刃の剣ともいえる奇跡は「啓示」である。「この瞬間よ、止まれ、汝はかくも美しい！」というゲーテによって与えられた言葉で、ファウストはこの奇跡的な契約を切望する。エロチックな知恵という啓示を得るのに人間の科学では不十分だと思い至り、ファウストは魔術の力を借りることにする。こうして物語の筋書きどおり、メフィストフェレスが出現する。

メフィストフェレス（ゲーテ版の悪魔）はみずから落伍者と称する。悪をなそうとするが、意に反して善をなしてしまう。完全に邪悪な存在でありたいのに、なにか、あるいはなにものかがたえず行く手に立ちふさがり、彼の悪意ある目論見や策略は望んだような結果にならない。これはメフィストフェレスの特徴のなかでもとくに不思議な個性である。私たちの思う悪魔はほとんどつねに勝利者であり、日常生活につきまとう大小さまざまな不幸の証明として、またありふれた物語をいろどる恐怖や悪名の証拠として存在する。だが、ほかならぬメフィストフェレスにはそうは思えない。人がどれほど辛酸をなめようとも、最後には善が勝つようだ。メフィストフェレスはどんなに努力しても結局は無駄に終わって、バーバラ・カートランドの通俗小説さながらすべてがハッピーエンドになると信じている。しかも奇妙なことに、その推論はたいていの場合、正しい。マーロウの『フォースタス博士』では地獄の業火が貪欲な博士を呑みこむ（博士は卑劣にも自分が助かるなら蔵書を焼いてもよいと申し出るが、彼の野心をたきつけたのがそれらの哀れな蔵書だとでもいうかのような言い草である）とはいえ、ゲーテの『ファウスト』第一部はファウストが誘惑した若い娘グレートヒェンの救済で終わり、第二部では罪深い博士その人が救済される。そのように邪悪な行為において失敗を重ねることこそが、おそらくメフィストフェレスの悪評の原因なのだろう。「英雄から将軍へ、将軍から政治家へ、政治家から秘密諜報部員へ、そして寝室や浴室の窓から覗きこむもの、それからヒキガエルへ、そして最後には蛇へ――それがサタンの進化だ」とC・S・ルイスは『『失楽園』序説』に書いている。

だが博士は簡単には引き下がらない。トーマス・マンもそれを理解したからこそファウストにアドリアン・レーヴァーキューンという仮の名を与えて再度あの恐ろしくも無力な契約を受け入れさせたのだ。マックス・ビアボームは挫折した詩人イノック・ソームズの生き方を通して、冷笑的なイギリス人がこの悲劇をどう捉えているかを示した。アルゼンチンの詩人エスタニスラオ・デル・カンポは舞台で聴いたばかりのグノーのオペラ『ファウスト』に感銘を受けてその筋書きを語るガウチョを創作した。スターリンの恐怖政治のさなか、ミハイル・ブルガーコフは『巨匠とマルガリータ』でこの契約をめぐるロシアならではの陰鬱な解釈を披露した。ごく初期の例としては一五八七年にドイツで活字になった無名の作者による『ファウストゥス博士の物語』がある。つづいてさまざまな形の作品が世に送り出されたが、そのなかにはゲーテが子供のころに見たという人形劇もあった。まちがいなく、それは大人になったゲーテの悪夢のもとになったことだろう。

過去の何世紀か、人が魂を売りわたすことは驚天動地の行ないと見なされていて、メフィストフェレスにとっては勝ち負けにかかわらず、ものごとはずっと簡単だった。ところがいまや人間にとって魂の重みがきわめて軽くなり、私たちは日々パイプラインの契約や議会での席のようなつまらないものと魂を交換するようになった。そのため、逆説的に見えるかもしれないが、メフィストフェレスの仕事はかえってむずかしくなっている。つまらないものと引き換えに魂をさしだせるとしたら、魂の価値がそんながらくたに等しいことになる。メフィストフェレス（本来の職業は高利貸である）は価値の高いものを欲する。現代のファウストたちは知識も愛も求めず、金儲けやリアリティショーへの参加権や自分の名前がデジタルのスポットライトを浴びることしか求めない。だから利益になるだけの量の魂を集めるために、メフィストフェレスはこれまでの十倍働かなくてはならないのだ。

ガートルード

彼女は考える。あの子は問題を抱えている。あれはもはや不機嫌なふくれっ面を見せつけ、年長者に反抗的な態度をとる「汗かきで怠け者の」少年ではない。いまや不機嫌なふくれっ面を隠そうともせず、年長者に反抗的な態度をとる「汗かきで怠け者の」青年だ。母親としてこのことを認めるのはつらいが、頭がどうかしていると思わざるをえない。子供のころ、息子は空想の友達と遊んでいた。それがいまでは幽霊が見えるといい、邪悪な目論見や気の触れたような陰謀を夢想する。おそらく宮廷生活の退屈さのせいで（なにしろデンマークでは一年の半分は夜なのだから）、息子は陰謀渦巻くスパイ小説もどきの筋書きをでっちあげたのだろう。あるいはドイツの大学に遊学していたあいだに哲学的な冗談や泡立った濃いビールの味になじみすぎたのかもしれない。あまりにも考えすぎる、それがあの子の問題だ。同じ年ごろの若者ならだれもがするようにもっと外に出かけ、スポーツを楽しみ、アザラシを狩り、エルシノア城の凍えるような海で泳ぎ、女の子を追いかけまわすべきである。あの子がそうだといいいちがうといい、いやちょっと待てと焦らせたせいで、かわいそうなオフィーリ

アは正気を失い、とどのつまり親としての責任感を多少なりともももっていたらしい老いたポローニアスは王子の真意がどこにあるのかと問わずにいられない。ハムレットが幸せそうに見えるのは（いや「幸せ」はいいすぎだ――それほど陰気ではなく見えるといったほうがよい）、ホレイショーやあるいは（ハムレットがいうには）アキレウスとパトロクロスのようにいつも二人一組で動く、身なりも行儀もよいローゼンクランツとギルデンスターンのような若者たちといっしょにいるときだけだ。さらにまた、女装した役者たちのグループに混じって、城の大広間でちょっとした前衛劇を演じるときだけである。あの子はゲイなのかもしれない。そうだとしたら、あの忌々しい「このままでいいのか、いけないのか」も説明がつく。覚悟を決めてほしいとガートルードは願っている。どうかエルシノアの宮廷で唯一のゲイの男になどならないでほしい。

母親であればつねに悩みは尽きないが、ずっとふさぎこんでいる一人息子を抱えた身であれば、ときたまガートルードがどこかよく晴れた温暖な土地で長い長い休暇を取りたいと夢想するのも無理はない。なぜ、意気地なしの男たちにつきまとわれるのかしら、と彼女は思う。亡き夫は毎朝青ざめた顔で不平をこぼしながら起き出し、ホレイショーの注意深い描写によれば「怒りというよりは悲しみの表情を浮かべて」重い溜息をつきながら毎晩ベッドに入るのだった。まったく面白味のない男だ。そして二人目の夫、クローディアスは？　ハムレット（もちろん、偏見に満ち満ちている）は義理の父をひき蛙、蝙蝠、牡猫の同類と呼び、「脂ぎった汗くさい寝床のなかで、欲情にただれた日々を送る」とこきおろす。その一方で、（このことの説明として、とガートルードはいう）ハムレットはその「カビの生えた麦の穂」を、ヘレネーへの愛ゆえに人殺しをも辞さない勇者メネラオスのようなものとして想起する。クローディアスが勇者だって？　まさか！

それから、ハムレット自身がいる。

あえてだれも訊ねようとしない問いがある――ガートルードはほんとうに母親になりたかったのだろうか？　彼女はむしろマクベス夫人のようだったのかもしれない。赤ん坊の歯のない口からさっさと乳首を引き抜いて、その頭をたたき割る。あるいは夫への腹いせにためらいなく息子二人を刺し殺すメディアだろうか。さもなければ、サラ・ジャネット・ダンカンの『インドの母』に描かれた、母性本能とは男たちによって捏造されたものだと信じるヒロインかもしれない。「男たちは女性についての既成概念を変えるのにとても長い時間がかかります。なかでも母と子の関係という信仰のような思いこみは最も堅牢なのではないでしょうか」と彼女はいう。イプセンの『人形の家』に登場するノラの夫トルヴァルは、「非行化する人間の母親はほとんどみんなうそつきだ」と決めつける。それなら、ハムレットの鼻持ちならない態度はすべてガートルードのせいなのだろうか？

ガートルードとはなにものか？

私たちにはわからない。疑いの余地なく、彼女は王の娘であり、王の妻であり、王の母親になるべく運命づけられている。そして、たぶん（ハムレットが生きながらえたら）孫たちも王になるだろう。ガートルードに欠けているのは、一個人として自分に利する行動をとるという機能である。彼女は他者によって役割が決められ、他者に追従《ついじゅう》するものとして存在する。クローディアスに殺人を告白させるため――ハムレットによれば――つたない象徴の意味をこめて「ネズミ捕り」と題した芝居を舞台にかけたとき、クローディアスは恐怖にかられて（または実験演劇にうんざりして？）途中で止めさせるが、そのときのガートルードの気持ちについて読者はうかがい知ることができない。彼女はただ夫の身を案じているだけだ。

だが、仮定の犯罪を演じてみせる無意味な芝居を観るときの気持ちではなく、常軌を逸した息子が母親にたいして抱いているイメージについて、ガートルードはどう思っていたのだろう？　ハムレットの夢の世界は他人のそれと混ざり、日常生活に入りこむ。ガートルードにとって日常とは永遠の有罪宣告である。それは、エルシノア城での昼夜を問わない消耗を耐えるために彼女がみずからに課している忍耐を否定する。性や地位によって負わされる不公平を乗り越えるために使わざるをえない彼女の戦略を否定する。人生の悲惨に打ち勝とうとするわずかばかりの努力でさえも否定する。どんなときでも心の持ちようによって希望を見出そうとするささやかな慰めも否定する。ジョン・ロックによれば、自己とは（それはガートルードの自己でもある）、壁にあいた針の穴ほどの小さな隙間から現実が入ってくる空っぽの暗い部屋だという。ガートルードにはそんな小さな針の穴をもつ権利さえない。

ガートルードは状況を変えたい。自分の義務は免除されるべきだと思う。ゲームのルールが変わることを願っている。ハムレットのせいで死者が増えていくにつれ（彼女の簡潔な言葉によれば「悲しみが次から次へと踵を接して」）、ガートルードは罪のない人びとが息絶え、得体の知れない処刑人が増えてゆくことに耐えがたくなり、嫉妬のような感情が芽生える。だからこそ、最期の瞬間に杯を手にした妃に向かって毒入りだと知っている王が飲むなといったとき、ガートルードはその言葉を無視して「いいえ、乾杯を。おさきに」と杯をあおる。この「おさきに」は戯曲全体のなかで最も心を打つせりふである。ばたばたと倒れる体や大げさな別れの言葉のなかで、哀れにもようやくそれとわかるささやかな訴えだ。すべてが終息したあとも、この皮肉な告別の辞が漠然と、薄気味悪く、いつまでも大気中にこだまする。なぜなら、亡霊に取りつかれたエルシノア城でガートルードの亡霊だけがまさしく本物だからである。

スーパーマン

初めてスーパーマンと出会ったのは一九六〇年、私が十二歳のときだった。家庭教師につれられてボルチモアで半年間の休暇を過ごしていたとき、その地で私は数々の驚異を発見した。ボローニャ・ソーセージをはさんだバロニー・サンドイッチ、ハロウィーンの仮面を作るのにうってつけの底が四角い茶色の紙袋、角のドラッグストアではエロチックな空気を漂わせたポケットブックのラックを見つけた。包み紙に色鮮やかなイラストが描かれたバズーカのチューインガム、テレビの深夜番組「ボリス・カーロフ・プレゼンツ」、ある朝なにがなんだかわからないまま家庭教師の兄弟につれていかれたボルチモア証券取引所。だが、なによりも私を喜ばせたのはアメリカのコミック本に登場するヒーローたちだった。バットマンとその愛弟子ロビン、リトル・ルルと太っちょトビー、『テイルズ・フロム・ザ・クリプト』に出てくる、骨をガタガタ鳴らすマッドサイエンティスト、ガウチョ風のロングブーツを履いて銀の投げ縄を手にしたワンダーウーマン。そしていうまでもなく「鋼の男《マン・オブ・スティール》」ことスーパーマン、その恋人ロイス・レイン、仲間のジミー・オルセン、仇敵レックス・ルーサーが

いた。

　アルゼンチンでは、それらのコミック本のほとんどがスペイン語に翻訳されて流通しており、それらはメキシコで作られていたため「メキシコの雑誌《レビスタス・メヒカナス》」と呼ばれていた。ヒーローたちは見るからに外国人だったので、たとえばめちゃくちゃ強いインディオのパトルスや遠い未来からブエノスアイレスにやってきたエル・エテルナウタのような地元のキャラクターとまともに競いあうことはなかった。だが彼らには神秘的な北の国から来た大使のようなエキゾチックで華やかな魅力があった。

　私はスーパーマンに親しみを感じた。もちろんスーパーパワーに共通点を感じたからではなく、強いられた孤立と疎外感のためだった。生まれ故郷の惑星の崩壊の危機に直面したとき、息子の命をなんとか救おうとした両親によって宇宙に放り出され、農場を経営する夫婦の養子となって基本的な市民道徳を教えこまれ、超能力をもつヒーローという素性を隠したまま内気な新聞記者として二重生活を余儀なくされる。そんなスーパーマンは、過剰なほどの文学的情熱になんとなく後ろめたさを感じていた自信のない思春期の少年にとって共感するところが少なからずあった。

　歴史のごく初期のころから、人類はあらゆる類の架空の超人を生み出してきた。ギルガメシュの無二の親友エンキドゥは怪力の持ち主で、イシュタルの送りこんだ獰猛な雄牛を退治した。ヘラクレスはとても無理そうに見える十二の功業を成し遂げた。ノアの曾孫ニムロドは「主の御前に勇敢な狩人」（創世紀十章九節）と称され、万軍の主たる神に対抗するバベルの塔の建設にその力を用いた。ミルトンが「ガザで盲目となって、奴隷たちとともに粉挽場で」と書いたサムソンは、主に祈って力を取り戻すとダゴンの神殿で二本の円柱を引き倒し、捕縛者たちを殺すと同時に自分自身も死ぬが（士師記十六章二十八―三十節）、これは記録に残る最初期の自爆テロである。お気に入りの巨大な青い雄牛ベイブをつれてアメリカ中西部をうろつきまわる巨人の木こりポール・バニヤンは身長が二メートル以上もあり、歩幅は三メートルだったという。

　二十世紀に入ってすぐ、ジョージ・バーナード・ショーはドン・ファンをテーマにした戯曲で一種の超人を作り上げた。「われわれは政治における能力も育むべきである」とショーは序文に書いている。「さもなければ、民主主義によって滅ぼされるだろう。民主主義がわれわれに課せられたのは、旧来の代替品が失敗したからだ。だが、専制政治を失敗に至らしめた要因が、慈悲深い独裁者の不足だけだというなら、すべての人民が有能な投票者であることを求める民主主義に成功のチャンスなどあろうものか」。ショーの友人でライバルでもあったG・K・チェスタトンは、超人のなかにあるより深い真実を直観的に見抜いた——人間らしからぬ、異常なほどのもろさである。この驚くべき生き物に会う前、チェスタトンは超人の両親に彼はハンサムかと訊ねる。「あの子にはあの子なりの基準があります」と両親は答える。「その水準からすればあの子はアポロンにも勝ります。私たちの低い水準からすれば、もちろん……」。「髪の毛はあるのですか？」とチェスタトンは訊ねる。「その水準ではすべてが異なります」と両親は答える。「あの子に備わっているのは……そう、もちろん私どもが髪と呼んでいるものではない……のですが……」「ええと、それはいったいなんなのですか？」チェスタトンはいくらかじれったそうに訊ねる。「髪ではない？　では、羽根ですか？」「羽根ではありません。私たちが思うような羽根では」。好奇心が満たされなかったチェスタトンはその説明しがたい生き物が住まう部屋に駆け込んだ。暗闇のなかから、かすかに悲痛な声が聞こえる。「やってくれたな！」と両親は叫ぶ。「あんたが風を吹きこんだせいで、あの子は死んでしまった」。

チェスタトンが目にしたのは万病を抱えこんだひ弱な超人だった。他のスーパーマンたちもそれぞれ弱点をもっている。崇拝者にとっては、それらの弱点があるからこそ超人的な力がますます称えるべきものに思える。その力を失わないために、サムソンは髪の毛を切ってはいけないし、アキレウスは有名なかかとを守らなければならず、ヘラクレスはネッソスの毒の血がついた衣を投げ捨てなければいけない。スーパーマンにとっては、故郷の惑星が爆発したときに生成された鉱物クリプトナイトが弱点である。クリプトナイトにはグリーン、レッド、ゴールドなどの種類があり、その色によってわれらがヒーローに与える影響力が異なる。最悪なのはグリーンクリプトナイトで、スーパーマンのパワーをじょじょに奪っていって免疫不全のような状態にする。

ニーチェの想像力によって生み出されたツァラトゥストラは、スーパーマン（ドイツ語のユーバーメンシュ「超人」の拙い英訳である）について、来世に期待せずこの現世で人間の美徳を追い求めるからこそ力にあふれているのだと激賞する。ニーチェにとって超人とは、後世のＤＣコミックスに登場する、リベラルな理想に燃えて正義を守る博愛主義者などではない。それどころかニーチェの超人は「『現代』人や『善』人や、キリスト教徒や、その他のニヒリスト」という概念の対極にあり、全能の力を有するひとりの男を意味する。ニーチェにとってスーパーウーマンは存在しないものだからだ。ニーチェによれば、女性の義務は超人を産むことである。『この人を見よ』でニーチェはこう書いている。「『超人』の例がほしいなら、パルジファルよりはチェーザレ・ボルジアみたいな人間を探したほうがいいですよ、と私が耳もとにささやいたら、ささやかれた人は、自分の耳を信じようとしなかった」。ニーチェの超人は「鋼の男」よりもレックス・ルーサーに似ているのだ。

スーパーマンを愛読しながらファクトチェックに精を出すハーバード大学の学生たちは、このヒーローが最初に登場した一九三八年四月十八日付の『アクション・コミックス』創刊号から、作者のジェリー・シーゲルとジョー・シャスターによって付与された数々のすばらしい能力について物理的に不可能だと思われるものを探してきた（そして見つけた）。たとえば、スーパーマンのX線ビジョンである。調査した学生たちはいう。スーパーマンがじっさいにX線を目から放射するような化学反応を起こせたとしても、その光線が捉えたイメージを見るには、つまりスーパーマンの光受容体に映し出すためには、適切な媒体に反射させなければならない。それどころか、スーパーマンのX線にさらされた生き物には癌を発症する危険すらある。

スーパーマンの絶対的な強さも根底から崩される。投石や弓矢や核兵器から守るため、作者のシーゲルとシャスターは彼の体に一種のオーラをまとわせた。とても薄いそのオーラの膜は彼の体をつねに覆っている。だから情熱あふれる数々の冒険でマントがずたずたになってもスーツは少しも破けずにいて、セクシーな裸体が人目に触れることはけっしてないのだ。さらなる調査の結果、このオーラは非ニュートン流体であると推測された――つまりニュートンの粘性法則に従わないねっとりしたカスタードのようなもので、力を加えられると形が変わり、より流動的になったり、固まったりする。この仮説が正しいかどうかを検証するため、学生たちは「鋼の男」の肌をなめて甘いかどうかを調べるボランティアを募ったものである。

テレビ番組「ビッグバン★セオリー　ギークなボクらの恋愛法則」のあるエピソードでは、科学的思考の持ち主シェルドンが空から落ちてくる人をキャッチするスーパーマンの能力がインチキであることを証明しようとして、このように論じる。「ロイス・レインは落下中に毎秒十メートル加速する。スーパーマンは急降下して、二本の鋼鉄の腕を伸ばす。ミス・レインの落下速度はいまや時速およそ二百キロメートルになっている。そんなものが鋼鉄の腕にぶつかったらたちまち三枚おろしになってしまう」。さらにつづけて、「心から彼女を愛していたら、舗道に叩きつけられるままにすべきだろうね。そのほうがまだましな死に方だ」。

彼の身に備わった強さがどうやら疑わしいにもかかわらず、男女を問わない年下のライバルが次々とあらわれて追い上げてくるにもかかわらず、悪党たちがもはや悪巧みを隠蔽しようとさえしなくなったこの変わりゆく世界にもかかわらず、スーパーマンの魅力は減じていない。

数年前、詩人のドリアン・ロークスは、スーパーマンがクリプトナイトによる癌らしき病で死ぬという内容の哀歌を書いた。


それは二〇一〇年のこと、医師たちは彼に宣告した。

メトロポリスで過ごすのはあと一年。

ハイになればそれは天国の一年、そうでなければ地獄の一年だろう、と。

彼の膝から雑誌が滑り落ちる。

ロイスが表紙を飾る「フォーチュン」誌。

彼女の背後には惑星が並び、なでつけた鋼のような彼女の髪に星の光がきらめいている。

ドン・ファン

快楽を分類し、征服という決まりきった手順のひとつに組み入れること、愛する人の名前を「予定表」のチェック項目に加えることは、性愛の情熱を逸らすのにきわめて有効な手段である。ドン・ファンは恋人というより誘惑者であり、誘惑者というより蒐集家であり、蒐集家というより狙撃手である。他の小説に登場するドン・ファン的な人びとはエロチックな作戦において明確な目的をもっているように見える――そのほとんどはけしからぬ目的であり、たとえば『危険な関係』の意地悪なヴァルモンやサドの寓話に登場する陰鬱な人物がそうだ。ドン・ファンはちがう。彼の行動はつねに「無償の行為」（理由や動機なしに行なわれる行為）そのものである。恋愛の達人として有名なこの男が肉体的な快楽を得ているのかどうかさえ、私たちにはわからない。どうやら自分が征服した女たちのリストに新たな名前を書き入れることで十分らしく、そこにたんなる数字以上の勝利があればあえて吹聴しなくても満足できるようだ。ティルソ・デ・モリーナによる十七世紀の戯曲『セビーリャの色事師と石の招客《まろうど》』で、ドン・ファンは「短剣をくらえ。おお、いたずらに空《くう》を突くばかりだ」といっているが、ここには精

液をむなしく地にこぼしたオナンの、旧約聖書の時代からつづく不平が反響している。ドン・ファンを突き動かすのは数字へのこだわりであって、エロチックな欲求ではない。知性の勝ったメルクリウスであり、悪戯好きの愛の神クピドではない。人が倉庫に品物を溜めこむように女性を集めようとする。モリエールの描くドン・ジュアンは、「総じて恋愛の楽しみは、移り変わるなかにある」とうそぶく。彼の「驚異の部屋」に収められた女性たちの名前は、その時代の人びとが追い求めたユニコーンの角やベゾアール石の代わりなのだ。

彼は女性の中身さえ欲しがらない。女性たちの魂も、個性も、隠された素顔さえも求めない。彼が欲するのは、彼女たちの公的な顔、社会的な地位、型にはまった特性だけである。ティルソの戯曲によれば、犠牲者のリストには貴族のイサベラ、漁師の娘ティスベア、高貴な家柄のドニャ・アナ、農夫の娘アミンタの名前がある。モーツァルトとダ・ポンテによるオペラ『ドン・ジョヴァンニ』で従者レポレッロが読み上げるリストはもっと長い。十九世紀になると、ホセ・ソリーリャの戯曲『ドン・ファン・テノーリオ』で、その戦略が明確にされる。

おれは賤が女の、あばら家へも降りていき、
荘麗な宮殿へものぼり、修道院の階をも踏み、
あらゆるところに不逞の足跡を残しておいた

新世界を蹂躙《じゅうりん》したスペイン人コンキスタドールのものだといってもうなずける言葉ではないか……。

だが、ドン・フアンの物語で語られるのは、ただのリストではない。あからさまな自慢にもかかわらず、彼の奮闘にはなにがなんでもできるかぎり多くの女性の標本を集めたいという陳腐な欲望以上のものが感じられる。バイロンの詩のなかでドン・ジュアンは「血によってであれインクであれ、手段はどうあろうと、月桂冠を獲得するのは愉しいものだ」と述べている。それでも、われらのヒーローはそれ以外の、もっと暗く、もっと不穏な執着に突き動かされているようだ。誘惑者として、また腕利きの狩人としての評判があまりにも高いせいだろうか、私たちはドン・フアンが黄泉の国の冒険者であることを忘れがちだ。彼の先人たるオデュッセウス、アエネアス、ダンテと同じように、彼は亡霊と言葉を交わせる人間である。

はかりごとのさなかでさえ、結局のところ自分の行為がけっして幸福な結末にならないことをドン・フアンは承知している。マラルメのいう「肉は悲し」という言葉を実感しながら（これは「なべての書は読まれたり」と続くが、彼が「なべての書」を読んでいるとはとても思えない）、ドン・フアンは確信している。愛をめぐる征服はどれも同じ不幸な状態へと行き着く。だからこそ彼は不実になりえないただひとりの恋人とともに、よりポジティブな答えを追い求めずにはいられない。ドン・フアンの母語がスペイン語であることを思い出そう。スペイン語では（フランス語やイタリア語と同じく、そして英語やドイツ語とはちがって）死は女性名詞である。だからドン・フアンは騎士長の亡霊を最後の晩餐に招待し、その晩餐には死もまた同席すると知りながら、本物の紳士らしく、彼女を家まで送っていこうとする。

リリス

中世初期のユダヤの伝説によれば、アダムの肋骨からイブを創る前、神はエデンの園で長い時間を過ごすアダムのつれあいとして最初の女性を創造したという。イブに先立つこの女性に神はリリスという名前を与えた。

リリスにとってなによりうれしいのは、自分が必要不可欠な存在だと知ることである。なにかを創造しようとするとき、彼女の存在は欠かせない。彼女は口が語るのを許す耳であり、後ろを見ることのできる目であり、太陽の存在を証明する影であり、主役に意味を与える二番手の役者である。リリスがよく知っているように、どんな誕生にも終わりが含まれ、すべての主張には問いかけがつきものであり、どんな合意も決裂は避けがたい。創造の瞬間から、分断は定めであり、だからこそ被創造物はみずからの失われた片割れを求める。「私はなにものだ?」この問いかけに答える用意がリリスにはあり、それは言い訳がましい穏当さとも、謎めいた自滅的な傲岸さとも無縁である。リリスが私たちに向かって自分はなにものかを語るとき、そこには固有名詞の仮面もなく、「私は私だ」という

仰々しいせりふもない。

他のあらゆるものと同じく、リリスもかつては大地と海を占める空虚な暗闇の奥深くに存在した。やがて聖霊が水面に浮かび上がり、そしてリリスは自分の時が来たことを知った。暗闇から光が生まれてそれ自身を明らかにし、形の定まらない大地から生き物が生まれ、それらは自分自身の形を見出し、唯一の神は自分の似姿を創ると、それを手のひらに載せてじっくり眺めた。他のすべてのものは神の言葉から生まれた。神の似姿（神はそれをアダムと呼んだ）だけが神の手によって創られた。神は対になるものを好んだので、そのあと一握りの塵をすくいとって、アダムの伴侶を創った。こうしてリリスがこの世に送り出された。塵は風に吹かれるたびに新しい形をとり、一か所に長くとどまることがない。そのためにリリスの気質は変化を好むものとなり、リリスは無数の顔と肉体を喜んで試した。ただひとりのリリスというものは存在しない。それは自明の理である。

神の似姿として創られたアダムは永遠に変わらぬ世界のイメージをもあらわしていた。そもそも神とは不変の存在である。神の頭髪は森に似ていて、その涙は川、その口は海のようだ。神の体はどの部分も世界の似姿である。眼球は大地の形をあらわし、白目はその大地を取り巻く大海、エルサレムは瞳孔、その瞳孔に映るのは神殿である。リリスの忠告にもかかわらず、アダムはそう信じた。「これらすべては鏡に映し出される遊び以上のものだ」とリリスはいった。しかしアダムは耳を傾けず、そのわけを聞こうともしなかった。リリスにはわかっていたが、なにごとにも目的があるのだ。風は神に仕え、炎は天使に仕え、水は悪魔に仕える。大地は動物たちを養い、動物たちは人間に従う。「そして、これらのすべてはリリスに仕える」と、最後にリリスは小声でいった。「アダムも含めてみんな」。

リリスがアダムと過ごした時期については、ミドラーシュで語られている物語以上のことはほとんどなにもわからない。神は二人のためにわざわざ庭園を創った。そこには四つのうっとりするような川が流れ、豊かな果実をつける多くの木が生えていて、あらゆる種類の美しい動物がいた。その庭園にはいくつか決まりがあった。たとえば川のなかに入ってはいけない、動物を殺してはいけない、そしていちばん重要なのは、庭園の中心に生えている生命の樹の果実を食べてはいけないというものである。あるときリリスはアダムをそそのかして思い切った行動をとらせようと試み、新しいことをさせ、これまでにない考え方を吹き込もうとした。アダムはそれを拒んだ。ひとつには習慣を変えたくなかったからであり、ひとつには命令口調でいわれるのがいやだったからだ。アダムがなにより好んだのは、新しく創造された動物たちのあいだに立って彼らに名前をつけることだった。馬には「馬」、犬には「犬」という名を与え、その皮が幕屋の素材となる多色の獣は「タハシュ」、人間と性交するイルカは「海の息子たち」と呼んだ。リリスはそれらの生き物の姿になって、アダムに彼らの本当の姿を教えようとしたが、アダムはリリスに目もくれず、アルファベットの文字に込められた真理に頼るほうを好んだ。名前として与えられたアルファベットが生き物の本質を明らかにしていたのだ。「アルファベットは世界が始まる前からそこにあった」とアダムはいって、リリスに背を向けた。

神が創造した生き物の姿をとることによって、リリスは獣たちの多くと親しくなり、長いあいだ彼らとおしゃべりにふけった。当時、すべての生き物は同じ言葉を話していたからである。獣たちのなかでも、とくに生まれつきの機知と大胆さをもつものをリリスは好み、黒豹やロングホーン牛の姿になってはしゃぎまわった。愚かさや臆病さゆえに嫌うものもあった。ヨブの牛とロバを滅ぼしたのはリリスだと、のちの時代にいわれたものである。

リリスが最も好んだのは蛇だった。神が定めたところによると、その性質はアダムにそっくりだった。蛇はアダムのように二本足で直立し、駱駝と同じくらい背が高かった。アダムのように高い知性をもち、知的な問題について考察する能力があった。アダムのように職人の技をもっていた。そして金や銀ですばらしい細工物を作り、貴石や真珠の扱い方も心得ていた。蛇の姿になったリリスは蛇と二人で長い時間をともに過ごして熱心に話しこんだり、手の込んだ宝飾品を作ったりし、一日の涼しい時間に庭園を訪れる神に作ったものを贈った。神はそれらをとても美しいと思った。

リリスと蛇が親しくなるにつれて、アダムは仲間外れにされたような気がしてきた。「午後のあいだずっと蛇と過ごすことを許した覚えはない」とアダムはいった。あるいは「用事ができるかもしれないから、そばにいなさい」と。しかし、リリスはアダムのいうことなどきこうとせず、アダムは神に不平をもらした。「あいつはわがままだ。いうことをきかない。少しもじっとしていない。鳴りっぱなしの鐘のようだ。あなたの言いつけさえ無視するのではないかと心配だ。そうなったときに責任をとりたくない」。

アダムの非難にもかかわらず、リリスと蛇は親しくしつづけた。「きみがアダムに従うようにと、なぜ神が命じたか知っている?」と蛇はリリスに訊ねた。「それに、なぜ生命の樹の果実を食べるなとアダムに命じたのか、そのわけを知っている? 同業の職人はおたがいを嫌うものだ(この言葉はのちにタルムードに記されることになる)。神は創造と破壊の力を独占したいんだ」。

リリスはなんとか我慢しながらアダムのそばにいたが、やがて姿を消した。しばらくのあいだ、アダムは蛇をリリスだと思いこんでいた。しょっちゅう蛇の姿になっていたからだ。木の枝に丸まっている姿を見て、長い体の下に脚がしまいこまれているのだと思ったアダムは、「放っておこう、そのうち遊びにも飽きてまた女の体に戻るだろう」と考えた。

ついに本当のことがわかった。リリスの傲慢さに怒った神は三人の天使に彼女を追わせた。天使たちは紅海にいるリリスを見つけた。彼女は蛇との交情からできたと思われるひと群れの魔物を産んでいた（ミドラーシュはこれについては疑わしいとしながらも、この海の水はだれも飲んではいけないと注意を促している）。天使たちはリリスに厳しく告げた。自分たちとともにアダムのもとに戻らなければ、彼女が産む魔物の子を毎日百人ずつ殺していく、と。リリスは、アダムのもとに帰って彼の奴隷になるくらいなら、その罰を受けるほうがましだといった。

こうして復讐心を募らせたリリスはその仕返しに、人間の赤ん坊の命を男の子なら生まれたその夜に、女の子なら生後二十日までに奪うようになる。リリスの力が最大になるのは、月が赤くなるときだ。彼女の呪いをかわす唯一の手段は、赤ん坊の手首に追いかけてきた三人の天使の名前を記したお守りを結びつけることだけである。これもミドラーシュにちゃんと書いてある。

さまよえるユダヤ人

　磔刑の場に向かって「苦難の道」をたどる途中、木の十字架を背負いローマ人の護衛兵の鞭で両肩を血まみれにしながら、群衆が浴びせる嘲りと罵声のなかで喉の渇きに耐えかねたイエスはひと口の水を求め、水場で足を止めた。年老いたユダヤ人が彼を押しのけ、先に進めといった。「我は行く」とイエスは答えた。「だが、汝、我の来たるを待て」。そうしてイエスはゴルゴタの丘への道を歩きつづけた。こうして中世の伝説「さまよえるユダヤ人」が生まれた。その大きな罪は神の子を辱めたことであり、それにたいする罰は永遠にこの世をさまようという運命だった。神の言葉に従ってイエスは審判の日まで戻ってこないからである。

　ヨハネの福音書（十八章二十節―二十二節）には、ローマ兵がイエスを逮捕しに来たとき、下役のひとりがイエスの顔を平手で打ったという記述がある。この場面に触発されて「さまよえるユダヤ人」の伝承が生まれたのかもしれないが、いうまでもなく聖書の正典にこんな記述はない。いずれに

せよ、この物語は千二百年あまりの歳月をかけて大きく成長し、その間、この無名のユダヤ人にはさまざまに異なる名前が与えられた。カルタフィルスやアハスヴェルスのような謎めいた名前もあれば、ブッタデウス（ポルトガル語で「神を押しのける」の意）やフアン＝エスペラ＝エン＝ディオス（スペイン語で「神を待つヨハネ」の意）のようなあからさまなものもある。十七世紀のイエズス会士バルタサル・グラシアンは明確に定義しようとして、フアン＝デ＝パラ＝シエンプレ、すなわち「永遠のヨハネ」と名づけた。

十三世紀になると、この物語の裏付けとしていくつかの目撃談があらわれるようになった。十三世紀ボローニャのある年代記作者は一二二三年にこう記録している。神聖ローマ皇帝フリードリヒ二世は二人の巡礼者からアルメニアでひとりのユダヤ人に会ったときの話を聞いたが、それはイエスによって永遠の放浪を運命づけられたユダヤ人その人だったという。イギリスの年代記作者ウェンドーバーのロジャーによる一二二八年の年代記には、この同じユダヤ人がアルメニア大司教から聴取を受け、大昔にポンティウス・ピラトゥスに仕えていたことを打ち明けたという記述がある。その数十年後、マシュー・パリスは『大年代記』に同じエピソードを記し、このユダヤ人がいまでは悔い改め、神の恩寵を信じるようになったと付け加えている。一五六四年六月九日、『アハスヴェルスという名のユダヤ人にかんする短い記述と報告』の著者はドイツのシュレスヴィヒで「さまよえるユダヤ人」をたしかに見たと証言している。その記述によると、男は背が高く、長髪で、足の裏の皮膚は硬くなって厚さが五センチにもなり、マドリードに住んでいたことがあったため流暢なスペイン語を話したという。これらの年代記のなかには、さまよえるユダヤ人に妻子がいて旅に同行しているとするものもあった。

もっと時代が下ると、十人以上の作者によってこの物語はさらに発展した。なかでも有名なのはウジェーヌ・シュー（この伝承をイエズス会の陰謀と結びつけた）、ペール・ラーゲルクヴィスト（さまよえるユダヤ人を知られざる預言者だと解釈した）、マーク・トウェイン（この作家にとって、さまよえるユダヤ人はありきたりの旅行者にすぎなかった）、ホルヘ・ルイス・ボルヘス（この物語を不死の人ホメロスの物語と織り合わせた）などである。ジェイムズ・ジョイスは彼にレオポルド・ブルームという名前を与え、一日中――それが永遠になる――ダブリンの街をさまよわせた。ベテラン編集者のコンビであるカルロ・フルッテロとフランコ・ルチェンティーニが設定したユダヤ人は住所不定の中年男で、ヴェネチアで観光ガイドをしている。永遠の都市があるとすれば、ヴェネチアはまちがいなくそれだろう。

この伝説に含まれた明らかな反ユダヤ主義はおくとして、罰としての旅という考え方は――他の物語にもその例は見られるとはいえ――奇妙である。たとえば、『さまよえるオランダ人』では、世界中の海をさまよう船の呪われた船長は悪魔の仲間だと思われている。サー・ウォルター・スコットにとって、『さまよえるオランダ人』は「莫大な財宝を積み、その船上で恐ろしい殺人や略奪行為がなされる」海賊船の物語だった。幸いにも現在の空港の狂躁状態やセキュリティチェックを経験せずにすんだロバート・ルイス・スティーヴンソンは「希望にあふれた旅立ちは到着よりもよいものだ」といっていて、『さまよえるオランダ人』や「さまよえるユダヤ人」の旅が罰だと思われていることに納得がいかないようだ。世界を旅すること、異国の風景を見ること、異質な人びとや習慣を発見することにはたんなる冒険を超えた魅力があり、どんな旅行者にとっても――豪華客船クルーズの常連とリスクを承知の上で安い民泊を利用するバックパッカーとを問わず――考えられるかぎり最高の教育としてつねに推奨されてきた。

一方で、旅行について楽観するスティーヴンソンのような考え方にも暗い側面はある。それはたぶん、自分を排斥する者に罰を与えたくなったイエスの脳裏に浮かんだものと同じだろう。この場合、呪いにこめられた意味は、ユダヤ人に旅をさせることではなく、逃亡を余儀なくさせることである。ユダヤ人は家を追い出される。大虐殺の標的にされ、空腹に苛まれ、仕事がないからである。強制収容所、グラーグ（強制労働収容所）、傭兵、多国籍企業の石油会社、森林伐採チーム、旱魃と洪水、軍事的または宗教的独裁といった迫害から逃れなければならない。広大な砂漠や連なる山脈を越え、大洋に出るユダヤ人は肩にキリストの十字架を負わされ、警官の鞭や群衆の嘲笑が浴びせられる。彼はむりやり自分に思いこませる。この先には自分を迎え入れてくれる寛容な人たちがいる。人並みの暮らしをさせてくれる人がいる。自分の罪ではないはずの過ちから解放してくれる人がいるにちがいない。フランス北部やイタリア南部の難民センターで、あるいは中米やシリアで暴力から逃げようとする絶望的なキャラバンの一員として、彼は約束された救世主の到来を待ちつづけなければいけない。遠くから聞こえてくる、待ち望んだ審判の日のラッパの音を聞き逃すまいとしながら。

眠れる森の美女

これは時間をめぐる物語だ。失われた時間、停滞した時間、待機する時間、夢見る時間、未経験の時間。始まりは、あまりよくない。生まれたばかりの王女は仙女たちから祝福を受けるが、ただひとり、王が招待するのを忘れた仙女が腹立ちのあまり、この子は毒のついた錘《つむ》で指を刺して死ぬだろうと呪いをかける。王の勅令も善い仙女たちの魔法もその呪いを消し去ることはできない。錘の使用を禁じ、死の眠りを永遠に覚めない夢に変えることはできたが、忌まわしい呪いはそのままである。大人たちが解決策を求めて右往左往する間に子供は若い娘になり、錘に触れて深い眠りにつく。そのとたん、城全体が眠りにつく。いつか真実の恋人のキスで目覚める（であろう）その日を待ちわびて。眠る王女のまわりで時間は停止する。

作家たちは同じような物語を紡ぐにあたって、同じ手法をとった。世界をかつての姿のまま、生きていながら凍った状態で、埃だらけの城や埋もれたポンペイの街のように保存したのである。これは

ワシントン・アーヴィングが語るリップ・ヴァン・ウィンクルの物語で起こることであり、ジェームズ・ヒルトンが『失われた地平線』に描いたシャングリラの僧院、アドルフォ・ビオイ=カサレスの『雪の偽証』、ワーグナーの『ワルキューレ』でブリュンヒルデを眠らせるヴォータン、アガサ・クリスティの『バートラム・ホテルにて』でもそうだ。ニコラエ・チャウシェスク独裁下のルーマニア、一九六〇年代のスペイン、今日のアメリカでティーパーティ運動を支持する州などは無意識のうちにこの物語をヒントにしているのかもしれない。つまり、眠っている状態はほとんど死んでいるのと同じなのだ。

王女は眠っている。王子にとっては、彼女の眠りこそが魅力なのだろうか？　身じろぎもせず静かに横たわり、目を閉じて、抵抗も反応もできないことが？　若き日のパブロ・ネルーダは二十の愛の詩の一篇で古代からつづく男の憧れを率直な言葉にしている。

黙っているときのおまえが好きだ　うつろなようすで
遠くで　おれに耳を傾けているのに　おれの声はおまえに届かない
おまえの目はどこかに飛び去ってしまったかのようだ
一度の口づけが　おまえの口を閉じさせてしまったかのように

エドガー・アラン・ポーは回りくどい表現などしなかった。「構成の原理」で、ポーは「このときひとりの佳人の死は、紛れもなく此の世の最も詩的な主題」であると述べている。これ以上に静かな状態はないだろう。

　死と眠りは文学史のごく早い時期から深く絡みあってきた。四千年以上も前に『ギルガメシュ叙事詩』の作者は眠りを死の同胞と呼び、それ以来、この恐ろしく、また慰めともなる考え方はその暗い威信を保ってきた。死の眠りのなかで時間は止まる。それが天国での習わしなのだと聖アンセルムスはいう。現世の夜の眠りのなかで時間は流れる。だが夢を見る人びとにはいつかかならず目覚めの瞬間が訪れる。アルフォンソ賢王の『七部法典』には、天国の時間とはどんなものかを知りたがった修道士の物語がある。ある朝、修道士は窓の外でさえずる小鳥の声を聞いた。その歌をもっとよく聞こうとして、彼は庭に出た。すると、彼の耳に小さな声がささやいた。「これは天上の時間の一秒にすぎない」。歓喜にあふれて修道士が部屋に戻ると、同僚の修道士たちが死に絶えてすでに長い時間が経っていた。小鳥がさえずるそのほんの一瞬のあいだに三百世紀が過ぎ去っていたのだ。（神学者がいうには）天国の時間は持続しない。なぜなら天国ではすべての出来事が瞬時に起こるからである。一方、地獄では時間は永遠につづく。なぜならそこではなにも起こらないからだ。希望がなければなにごとも起こらない。ただ絶望のなかで待つしかない。カール・グスタフ・ユングは、あるとき通りで叔父に呼び止められ、「神が罪人をどうやって苦しめるか知っているか？」と訊かれたことがあった。ユングは頭を振った。「待たせるんだよ」と叔父はいって、また歩きはじめた。

　「眠れる森の美女」の眠り。それは天国の眠りか、それとも地獄の眠りだろうか？　城のなかでは時間が進まない。ということは、天国の眠りのように思える。だが彼女の眠りは終わりのない待ち時間なのだから、地獄の眠りともいえる。それが天国での眠りなら、彼女に目覚めは訪れないだろう。

天国において目覚めとはすなわち永遠の現在を中断することだからだ。それは幸せな現状維持であり、王女はあくまでも美しく、永遠に無垢のまま、礼装した王子たちの永遠の憧れでいられる。だが、それが地獄の眠りなら、「眠れる森の美女」がまどろんでいられるのは無垢を失う寸前までである。なぜなら、王子がやってきて王女を目覚めさせたとたん、王子は時のくびきを彼女に負わせ、外の世界で過ぎ去った時間を一瞬のうちにたどらせることになるからだ。王女は目覚めるが、その肌はたちまちしわだらけになり、視力はぼやけ、真珠のように真っ白だった歯は抜け落ち、輝くような金髪は白髪になり、恐れおののく王子は曾孫とまではいかなくても、ほとんど孫のような年齢になる。これではハッピーエンドなどありえない。

王が招待し忘れた仙女の本当の呪いはそれなのかもしれない。自然のままに年齢を重ねられず、知識と経験を少しずつ身につけることができず、四季の巡りを楽しむこともできない。それは（王子の目に眠る女性として映っていたいと望むなら）美容整形、ボトックス注射、豊胸手術、猿の血清注射といったアンチエイジングの呪いだ。

だが、彼女には別の選択肢もある。呪いを拒否し、祝福を拒否し、眠る廷臣たちを拒否し、両親の無作法を拒否し、求愛する王子を拒否することができる。そうすれば、『人形の家』のノラやカルメン・ラフォレットの『なにもない』の主人公アンドレアのように（この二人は「眠れる森の美女」の末裔である）、魔法をかけられた城をあとにして一歩を踏み出し、目を大きく見開いて世界と対峙できる。

フィービー

『キャッチャー・イン・ザ・ライ』に登場するコールフィールド家の四人きょうだいのうち、フィービーは末っ子だ。彼女はいちばん頭がよく、思いやりがあって、利己的でなく、直観にすぐれている。すぐ上の三男アリーはだれかに腹を立てたこともなく、白血病で早世した。語り手のホールデンは次男で、長男のDBはハリウッドへ行って、その地でジャガーを乗り回し（ホールデンによれば）自分の文才を元手にせっせと身売りみたいなことをしている。コールフィールド家は文学一家である。ハリウッドに身売りする前、DBは『秘密の金魚』という「最高の」短篇集を出した。アリーは自分の野球ミットの指の部分や腹の部分やらいたるところに緑色のインクで詩を書きこんでいた。「守備についていてバッターがボックスに立っていないときに、何かを読めるといいのにと思ったから」だ。ホールデン自身はもっぱら読む側で、いまの世の中に不足している筋の通った本を好むようだ。お気に入りの作家のリストには目を瞠るものがある。ディケンズ、イサク・ディネセン、リング・ラードナー、サマセット・モーム（条件付きで）、トマス・ハーディ、シェイクスピア、ルパート・ブルック、

エミリー・ディキンソン、F・スコット・フィッツジェラルド、ヘミングウェイ。そして、フィービーはヘイズル・ウェザーフィールド（正しくはHazelだが、フィービーはHazleと書く）という少女探偵の出てくる本をいくつも書いている。よくあることだが、どれも書き上げられることはない。

ホールデンによれば、フィービーは「やたら感情表現が豊かなんだよ。つまりね、子どもにしちゃそういうのがすごく豊かだってこと」。でも「君もきっと妹のことが気に入ると思うよ」と私たちに請け合う。「君が何かをしゃべるとするね。するとこの子には君が何を言いたいのか、ぴたっとわかっちまうんだ。そういうこと。だから君は彼女をどこにでも連れていける。たとえばひどい映画に連れていくとする。そうすると妹には、それがひどい映画だってことがちゃんとわかるんだ。そしてけっこうまともな映画に連れていけば、それがけっこうまともな映画だってことがわかる」。

フィービーは兄のアリーと同じ赤毛で、夏には可愛くてきれいな耳のあたりまで短くカットする。「でも冬が来ると髪はけっこう長くなる」とホールデンは説明する。「母親はときどきお下げにするしないときもある。でもとにかくそいつはご機嫌なんだよ。妹はまだ十歳だ。僕と同じですごい痩せっぽちなんだけど、感じのいい痩せ方なんだよね」。ホールデンが旧約聖書の「雅歌」の一節を読んだことがあるのかどうか、私たちにはわからない。「わたしたちの妹は幼くて、乳房はまだない。この妹が求愛されたらどうすればよいのか」。ホールデンはそこまで考えていない。

DBがハリウッドに行っているあいだ、痩せっぽちのフィービーはやたら巨大なベッドと気がふれたみたいにでかい机のある兄の部屋を占拠して「ゆっくりものを広げて置く」。フィービーはホールデンが妹のために買った（そして誤って落として割った）レコードのかけらをしまっておく。彼女はなんでもきちんとしておくことが好きだからだ。そして、同じようにできないホールデンに腹を立てる。フィービーは倹約家だ。クリスマスに備えて貯金していた金を兄に渡すといった金銭的な援助までできる。「八ドルと八十五セント。いや、ちょっと待って、六十五セントね。ちょっと使っちゃったから」と彼女はいう。

なによりも、フィービーはホールデンの抱えている実存的な不安の根っこを正確に指摘することができる。「けっきょく、世の中のすべてが気に入らないのよ」と彼女はホールデンにいう。そんな的を射た指摘どおり、ホールデンはなにごとにも楽しみを見出せないように見える。ダンテならホールデンを「日のあたる楽しげなうるわしい大気のなかにいても心中に憤怒を」抱えた不機嫌な人びとのなかにおくだろう。一方、フィービーはこの世界とそこでの試練を楽しみ、なんであれ勇敢に受けて立つ。だからホールデンが西部に行くつもりだと伝えると、フィービーは荷造りしていっしょに行こうとする。ホールデンが気づかない、あるいは理解しないでいるうちに、フィービーは兄の目の代わりとなって行く手にある危険に備える。兄が危険に直面するとき、フィービーは断固たる決意で兄のそばにいようとする。

紀元前五世紀半ばのあるとき、エウリピデスはアンティゴネーについての芝居を書いたが、今日まで残っているのは断片でしかない。アンティゴネーは愛する兄ポリュネイケスの遺体を清め、儀式用のワインを注ぎ、正しく葬ろうと決意するが、それは王の命令に正面から盾突く行為だった。「それでも私は兄を埋葬します」と現存する詩句のひとつでアンティゴネーはいう。「それで死ぬことになっても、その罪は神聖なものだと私はいいます。私は死んで兄とともに横たわりましょう。兄が私を大事にしてくれたように、私にとっても兄は大事な人なのです」。ホールデンは自分が肺炎で死んだらフィービーがどう感じるだろうかと想像してみる。フィービーはきっとアンティゴネーと同じように感じるだろう。

だが、フィービーの愛と献身のすべて、覚悟と決意のすべて、勇気と知性のすべては彼女をどこに導くのだろう？　その姿を鏡に映したような先達はグリム童話『六羽の白鳥』の妹かもしれない。六人の兄たちは魔法で姿を白鳥に変えられている。その呪いを解くには、妹が素手で摘んだイラクサで六枚のシャツを編み上げ、六年のあいだひとことも口をきかずに過ごさなければいけない。六年がようやく終わるというとき、一人の王子が妹と出会い、ひと目で恋に落ちて求婚する。だが、ひとことも言葉を発しようとしないので、廷臣たちは王子に彼女が魔女だと吹き込み、火あぶりにするよう迫る。処刑の前夜、妹は独房のなかでもシャツを編みつづけ、ようやく最後の一枚を片袖だけ残して完成させると、それを六羽の白鳥に投げかける。兄たちは人間の姿に戻り（末の兄だけは片方の腕が翼のまま）、けなげな妹が口をきけなかったわけを王子に説明する。

この物語はハッピーエンドだが、フィービーにとってハッピーエンドはあるのだろうか？　本の最後のページは、土砂降りの雨のなかで回転木馬に乗る妹を見ながら、ホールデンがほとんど生まれて初めて幸せを感じるという場面だ。「どうしてだろう、そのへんはわからないな。ブルーのコートを着てぐるぐると周り続けているフィービーの姿がやけに心にしみた、というだけのことかもしれない」。

フィービーがけっして書き上げることのないヘイズル・ウェザーフィールドの物語と同じように、

この小説でのフィービーはつねに明るく輝きながら、ぼんやりした目の兄たちのまわりを周回するが、自分自身の軌道をたどろうとはせず、自分自身の結論に達することもない。もう二度と会えないとわかっている兄を悼み、家族と暮らす家では放蕩息子である長男の部屋で眠り、忘我の状態にあるホールデンを守り、導き、ライ麦畑で遊ぶ子供たちを崖から落ちないようにキャッチしたいという非現実的な夢想を訂正しさえする（「『誰かさんが誰かさんとライ麦畑で出会ったら』っていうのよ！」とフィービーは兄にいう）。フィービーはただ『煙が目にしみる』の曲に合わせ、「ブルーのコートを着てぐるぐると」回りつづける。

性真《ソンジン》

おとぎ話の主人公——男女を問わず——に課せられる試練はたいてい三つである。ニシャプールのアッタールが綴る物語『鳥の言葉』で王を探す鳥たちは七つの谷または七つの海——最後の谷のひとつ手前は「驚愕の谷」、最後は「清貧と自我消滅の谷」である——を越えなければならない。イスラエルの民が解放される前、エジプトのファラオに下される災いは十である。ダンテの『神曲』煉獄篇で、救済された罪人の穢れを洗い清めるための階梯は、前段階の二つの台地と山頂のエデンの園を加えれば、やはり十になる。ヘラクレスの功業は十二である。人間に与えられる試練の数と中身はさまざまだ。

十七世紀の朝鮮王国（李朝）で著された古典小説『九雲夢《クーウンモン》』の主人公である破戒僧の性真が救われるには八つの段階が必要だった。その作者はおおかたの歴史家により高名な学者金万重《キムマンジュン》とされている。八つの段階にはそれぞれ美しい仙女が登場し、性真は心ならずも彼女たちと情を交わす。仙女たちの名前は、すれた西洋人の耳にはまるでカントリー&ウェスタンのスターの芸名みたいに響く。レ

インボー・フェニックス（彩鳳《チェボン》）、ムーンライト（蟾月《ソモル》）、シャイ・ワイルド・グース（狄驚鴻《チョクキョンホン》）、ジャスパー・シェル・ブロッサム（瓊貝《ギョンペ》）、スプリング・クラウド（春雲《チュヌン》）、パンパイプ・ハーモニー・オーキッド（簫和《ソファ》または蘭陽姫《ナニャンヒ》）、クラウド・オブ・スターリングズ（梟煙《ヨヨン》）、ホワイトキャップ（白凌波《ペクヌンパ》）。

性真（この名前は「真の性質」または「肉欲」を意味する）は、蓮華峰の主で仏道の師でもある六観大師《ユッカンテサ》の戒律を破ったために罰を受ける。龍王の宮殿で誘惑に負けて酒を口にした性真は酔いにまかせて魔法を使い、桃の花を珠に変えて八人の仙女たちを喜ばせる。この罪により、彼は俗世の英雄として生まれ変わり、数奇な運命をたどることになるが、その道筋はいわば肉欲にまみれた『天路歴程』である。性真はまず貧しい農民夫婦の子として生まれ変わり、少游《ソユ》（「小さな訪問者」の意）と名づけられたのち、やがて夫に去られた母の女手ひとつで育てられる。成長した少游は科挙試験に合格し、翰林院の職を得て皇帝に仕えることになる。やがて詩作の才をあらわし、さらに音楽家、節度使、軍人としても能力を発揮し、社交界で出世して皇帝の娘婿にまで成り上がる。

九世紀中国の唐王朝、世界に冠たる文化の黄金期を舞台とする『九雲夢』は主人公がさまざまな経験をへて人間的に成長していく不思議な物語であり、儒教、道教、仏教の教えを求めた人生の記録でもある。生涯を通じて学んでゆく少游の道筋を、ある道人はこう要約する。「会者定離じゃ。それに集散常《つね》ならぬのがこの世のならわしなのだ」。最終的に少游は易経に基づく布陣を用いて、侵攻してきた吐蕃《とばん》の軍を打ち負かし、因縁深い八人の美女と床をともにする。（七人目の場合など）激しい戦闘のさなか、剣の輝きを婚礼の燭代わりに、軍の銅鑼《どら》の音を竪琴の代わりにして結ばれた。数えきれないほどの成功を収めたあと、少游の目の前に突然、年老いた僧があらわれる。かつての師だと正体を明かした老僧は、少游が現世で体験したと思っていることはすべてつかのまの夢であり、愛と戦《いくさ》に明け暮れた人生は深い瞑想の一瞬なのだと語る。それを聞いた少游は（性真の姿に戻って）悟りを開き、その後は仏法の真髄を説くことに専心する。ついに彼は蓮華峰の僧院の主となり、不死の者、龍、人間と精霊《しょうりょう》の別なく、かつての師に劣らぬ崇敬の念を集めるようになる。八人の仙女たちも俗世の未練を断ち切り、仏門に帰依したいと願う。仙女たちはやがて菩薩の位にまで進み、涅槃の境地に達するが、衆生を苦しみから救うために解脱のときを遅らせるのだった。そしてついに、最初から定められていたとおり、性真と八仙女は手をとりあって極楽世界に至る。

この肉欲にまみれた冒険物語を読みながら、私たちは現実だと思っているこの世界がほんとうは夢なのではないかと何度も感じる。ある人に「耳は目より確かな証ではございません」と言われてからしばらくして、少游は鬼女だと称する美しい娘――のちに人間の女だと正体を明かす――に騙される。その策略がどちらに向けられているかは問題ではない。人間の女が鬼女だろうが、鬼女が人間の女だろうが、ちがいはないのだ。「人と鬼神の道《のり》はおのずから違っているものですが」と彼女は少游にいう。「至情の境地にふみ入りますと、その距も越えられるようでございます」。つまるところ重要なのは、感覚の世界が現実ではないこと、そして精神世界こそが真実だと知ることである。感覚の世界は幻想にすぎず、精神世界こそが重んじるべき唯一の現実なのだ。

この人生は夢なのだと私たちに語るのが想像上の人物だというのは、なんと驚くべきことだろうか。カルデロンの戯曲『人の世は夢』に出てくるセヒスムンドは、「生きるとはただ夢を見ることでしかない。おれは経験に教えられたが、生きておる人間は、目の覚めるまで、生きておるという夢を見ておるのだ」と嘆く。「われわれ人間は夢と同じもので織りなされている。はかない一生の仕上げをするのは眠りなのだ」と『テンペスト』のプロスペローはいう。トウィードルディーとトウィードルダムはアリスに向かってこう語る。アリスは赤の王様の夢のなかに生きているだけなのだから、王様が目覚めたとたん「あんたは消えてしまうのさ――ふっと――ロウソクみたいに！」。

性真の物語と同時代に書かれた本の主人公であるヨークの船乗りロビンソン・クルーソーは船が難破して無人島に流れ着いてから数か月後、恐ろしい夢を見る。住まいを取り囲む柵の外側の地面に坐っている自分の姿が見え、そこに突然、大きな黒雲から一人の男が明るい炎に包まれて降りてくる。地面に降り立った男は長い槍を手にして、クルーソーを殺そうと迫ってきた。恐ろしい声で男は彼にいう。「こうした運命にあっても、おまえはまだ悔い改めようとはしない。こうなっては、いまや死ぬしか道はないのだ」。クルーソーはこのときの恐ろしさを言葉にできず、目がさめて夢だとわかったあとも、その恐怖は心から去らなかった。クルーソーにとって、無人島の暮らしで経験する苦難は厳然たる現実であり、この夢はただの警告にすぎない。性真にとって、愛と冒険に満ちた人生そのものが警告の意味をもつ夢なのである。

（少游の姿をとった）性真が戦争と性愛における成功によって現世の旅を完遂しなければならないとしたら、そして、軍隊と色事にかんする手柄のすべてが影の影でしかないとすれば、性真の物語を読んでいる私たちはページの上にくりひろげられる影の影を追いかける影でしかないのだろうか？

プラトンがソクラテスをして語らせた『国家』のなかの寓話によれば、現実とは人類が住む洞窟の壁に映る世界の影でしかないという。そして、ソクラテス（とプラトン自身）もそれらの投影された影を目にし、それを現実として受け止めているのだと。十七世紀の朝鮮王国に生きた人びとにとって、九世紀の唐王朝（性真の冒険の舞台となった時代）は、脅威であると同時に魅惑的な、つねに覆いかぶさる大きな影、いつの日にか目覚めたいと願う、多面的で心騒がせる厄介な夢に似ている。

「仏のみことばに『人の身は、水の泡と風花でできている』というのがある」。物語の中盤で少游は説く。「ほんとうに誰がよくその真を知り、まことに誰がその偽りを知るものであろうか」。

逃亡奴隷ジム

彼はテネシー・ウィリアムズのいう「流れ者」の仲間だ。たとえば『レ・ミゼラブル』のジャン・ヴァルジャン、アルゼンチンの同名の叙事詩に登場する脱走兵の吟遊詩人であるガウチョのマルティン・フィエロ、凍てつく北極海へと去るフランケンシュタインの怪物、『大いなる遺産』の流刑囚エイベル・マグウィッチなどの同類である。ジムという人間を定義するのは、自分がどんな人間かという自意識ではなく、他者から押しつけられた遁走状態である。彼にとってその世界とは、「ぐずぐずせずに出ていけと強要される場所なのだ。だが、どうやって？　ジムはハックルベリー・フィンに説明する。「あるいて逃げようとしたら犬にかぎつけられる。ボートを盗んで川を渡れば、おれがむこう岸にわたったたってことに気づかれてしまう。そして、そこからまた跡を追われるだろう」。白人の大人たちの根強い偏見と、白人の少年たちの無責任な企みのあいだで身動きがとれないジムは、平等な権利があるというどこかのユートピアへ向かおうとする。それはマーク・トウェインの小説では北部の自由州、アメリカ史においては逃亡奴隷をカナダに運ぶ「地下鉄道」や黒人霊歌の「静かに揺れ

る愛しの馬車《チャリオット》」がめざす故郷である。ジムは仲間の逃亡奴隷たちと同様、そこにはたどり着けないだろう。解放奴隷として認められることはあっても、彼自身が受け入れられることはない。どれほどすばらしい呼び名が与えられようとも。

白人社会はジムのために一方的な思惑を用意する。ポリーおばさんとサイラスおじさんとサリーおばさんはジムの「善行」に報いようと「大さわぎして」、「好きなものをなんでも食べさせたりした。のんびりすごさせて、もちろん仕事なんてさせない」。まさに忠実なペットと同じ扱いだ。トム・ソーヤー（この不運に終わった計画は彼が読んだ冒険小説から思いついた）は想像する。この計画が成功したら、トムとハックはジムをつれて「蒸気船でぼくたちのふるさとまでもどるつもりだった。堂々と。むだにした時間の分はちゃんとジムにお金をはらって埋めあわせをする。あらかじめ、ジムのなかまの黒人たちに知らせておいて、町には、ブラスバンドつきのたいまつ行列で入城する」――キリストのエルサレム入城と熊使いの見世物がいっしょになったような情景である。『ドン・キホーテ』なら（トム・ソーヤーはこの本も読んでいた）この少年に不正と戦うよう促すきっかけになったかもしれない。ところが、書物に没入したこの騎士の狂気からじっさいにトムが受け取ったのは海賊の冒険物語にも似たスリルと、おとぎ話のような魅力だけだった。ジムが『ドン・キホーテ』を読んでいたら、トムとはちがうものを受け取ったかもしれない。

しかし、奴隷は文字の読み方を教わらなかった。一六六〇年、国王チャールズ二世はイギリス国教会への信仰を表明した。その教義によれば、ルターが述べているように、魂の救済は人が自分で神の言葉を読めるかどうかで決まった。その結果、国王は植民地評議会にたいして、原住民、家庭の召使、奴隷たちにキリスト教の教義を広めるべしと宣言した。だが、奴隷の主人たちは受け入れなかった。奴隷が聖書を読めるようになったら奴隷制廃止論者の小冊子を読むかもしれず、さらにはモーセとファラオの物語のような聖書の記述から反乱の口実を見つけるかもしれないと危惧したのである。王の布告はアメリカの植民地では猛反発を受け、とりわけ強く反対したのはサウスカロライナだった。それから一世紀が過ぎても、その地には自由民であれ奴隷であれ、すべての黒人に読み書きを教えることを厳しく禁じた法律が存在した。それらの法令はマーク・トウェインの時代にも効力があった。この法律を破った奴隷は、初犯なら牛革の鞭で打たれ、再犯なら九尾の猫鞭（こぶのついた九本の縄をつけた鞭）で打たれ、三回目になると人差し指を第一関節から切り落とされた。文字を読めるようになって他の者に読み書きを教えた奴隷が絞首刑になることさえあった。

もちろん、ジムは字が読めない。元奴隷でのちに奴隷解放論者となったフレデリック・ダグラスが自叙伝で語っているように、「私を無知のままにしておこう」とする主人に抵抗してジムが読み書きを学んでいたら、奴隷制の正当性を主張するアリストテレスの文章を目にしたかもしれない。アリストテレスの著作『政治学』に登場する、秩序にやたらとこだわる哲学者は「支配と被支配は「人間にとって」たんに欠くことができないばかりか、また有益なことでもある」と論じている。「一方は支配されるために、他方は支配するために、生まれ落ちたそのときに区別されている……使用されるという点では、奴隷と動物にあまり差はない。そしてじっさいのところ、奴隷をもつことと家畜を使うことにさほどのちがいはない。なぜなら双方から――奴隷からと家畜から――得られるものは、生活に必要なものを供給するための肉体の助力だからである」。アリストテレスはそれが自分とその仲間にとっての「必要」であることはあえて説明するまでもないと思っていた。

トマス・アクィナスは浩瀚な『神学大全』で、主人と奴隷の関係を父と息子の関係と同じだといい、息子と奴隷は一定の権利をもつべきだと主張した。「息子が父親に属するのと同じように、奴隷は主人に属する。しかし、両者は人間として考察されたかぎりにおいては別個の存在であり、他の者から区別されたものとして存在する。したがって、両者が人間であるかぎり、なんらかの意味で彼らにたいする正義があり、同じ理由から父と息子のかかわりに関してなんらかの法が制定されている。主人と奴隷のあいだも同様である。しかし、一方が他方に属しているかぎり、そこでは完全な意味での『権利』や『公正』というものは見出されないのである」。アクィナスも承知していたはずだが、これはご都合主義による三段論法であり、勝手な前提をもとに結論づけられている。なぜなら本来、奴隷にせよ、子供や犬にせよ、所有されている者はそもそも所有者の主張する権利や公正さに異議を唱えることはできないからだ。ハックの父親はアクィナスに賛成するだろう。父親は息子が「すこしはラクさせてくれる」のが当然のこととしてハックを育ててきた。そして、まともな市民である白人が「そこらをうろついて盗みを働く、極悪非道の、白いシャツを着た自由黒人」より多くの権利を享受するのは当たり前だと思っている。

アリストテレス以来、あるいはそれ以前から、奴隷制を正当な行為として受け入れてきた社会のすべてが、その理由として二つの前提をあげてきた。自分たちは他者よりもすぐれている（と自分たちが認めている）のだから、劣っていると見なされる者たちに完全な支配力を振るうのは当然のことであるという主張。そしてもうひとつは、奴隷制が奴隷たち当人からもしばしば賛同を得ていることである。「おまえたちによかれと思って」とか「おまえたちより、私のほうがつらいのだ」というのは「鞭を惜しむと子供はだめになる」という格言を信じる親たちが好んで口にする二つのせりふである。

SM小説の古典である『O嬢の物語』に「奴隷状態における幸福」と題した序文を寄せた文芸評論家のジャン・ポーランは、一八三八年のバルバドスで奴隷が解放されたときのエピソードを語っている。自由の身分に昇格したばかりの男女約二百名の黒人たちが、ある朝、かつての彼らの主人であるグレネルグという者の家に、自分たちを元の奴隷の身分に戻してくれと陳情しに来た。奴隷制度廃止の法律を重んじたらしい主人はそれを拒んだ。不満を募らせた奴隷たちはしだいに暴徒化して、やがて家族もろともグレネルグを虐殺した。その晩——とポーランは語る——彼らは自分たちの奴隷小屋に戻り、また元のように働きはじめたのである。もしこれが実話なら、アメリカ南部でつい最近まで奴隷を所有していた人びとの多くは心のなかで「それ見たことか」といったことだろう。

だが、バルバドスの奴隷たちとはちがって、ジムは自分の境遇に満足していない。自由港にたどり着けたなら、戻らせてくれとはぜったいにいわないだろう。私たち読者はジムの道徳観を聞かされ（ジムはソロモンの判断に異を唱え、ルイ十六世の獄中の息子に同情する）、彼がなにを信じているかを知り（魔術の力を信じ、死者は貴ぶべきであり、夢のお告げは正しい）、自由の身となり、自立して生き、いつか家族を取り戻すという固い決意を聞く（「自由州に着いたら、一セントも使わずにお金を貯めて、女房を買いとるだけの金を貯める。ジムの女房はミス・ワトソンが住んでいるそばの農場の人のもちものなんだ。それから夫婦で働いて、子供二人を買いとるだけのお金を貯める。もし主人が売らないというなら、奴隷制廃止論者に助けてもらって子供たちを盗み出す覚悟でいる」）。

ハックと同じくらいの年齢で初めて『ハックルベリー・フィンの冒険』を読んだとき、いちばん胸を打たれたのはハックとジムの関係性が育っていくところだった。ハックはジムのなかに一種の父親像を見た（と私は思った）。ハックの暴力的で偏見に凝り固まった実の父親を反転させたようなジムは、この広大な悪意だらけの世界を生き延びるのにハックを必要とする。ハックがアンティゴネーだとすれば、ジムはその父オイディプスである。私はハックが羨ましかった。なぜなら、ジムがハックを必要とするのと同じくらい、ハックもジムを必要としているとわかったからだ。

小説のあちこちにヒントがちりばめられ、彼の個性の一端が行間から垣間見えるにもかかわらず、ジムはいまだに奴隷としての立場でしか捉えられていない。トニ・モリソンはジムの描き方を「なかの人間を隠しきれていない不出来な道化の服」と断じ、マーク・トウェインが小説の結末でジムを「完全な道化」にすることで「差別的な読者」に迎合しているという。ソポクレスの『オイディプス王』では、予言者テイレシアスがオイディプスを「哀れな道化」と呼ぶ。

モリソンが指摘した読者の差別意識は現代の読者にもあてはまる。なぜなら、アメリカ合衆国ではっきりと、あらゆるものごとに人種差別の色がついているからだ。「色がつく」とは忌まわしくも適切な表現である。黒人と白人のあいだに階級差のある社会は奴隷制を容認するのか、それとも奴隷制を正当化するために白人と黒人のあいだに階級差のある社会が必要なのかは、くりかえし議論の的となる問いである。

しかし、このすべてはジムにとってどんな意味をもつのだろう？

新世界では、植民地政府のごく初期の段階から奴隷制が存在した。一七七六年にアメリカの独立が宣言されたとき、十三州のすべてで奴隷制は依然として合法だった。およそ百年後の一八六五年まで、国家として奴隷制が廃止されることはなかった。この年、アメリカ合衆国憲法修正第十三条によって、二つだけ残っていた奴隷州ケンタッキーとデラウェアの最後の奴隷四万人が解放されたのだった。その数十年前、アレクシ・ド・トクヴィルは——個人的見解として——多人種国家のアメリカ合衆国は奴隷制がなければ維持できないといっている。黒人にこれまで以上の権利が与えられたら、黒人にたいする根深い偏見はいっそう増すにちがいないとトクヴィルは確信していた。つまり、原因を探すな、ということだ。緩和治療は症状を悪化させない。

アメリカでは今日でもそんな態度が表面下にはびこっている。当局が偏見についての議論を骨抜きにするような態度を見せたとたん、ハックの父親の言い分がたちまち公の場にあふれでる。二〇一八年には雇用機会均等委員会への不満が前年比で十七パーセント増加し、ＦＢＩの調査によれば、二〇一七年に起きたヘイトクライムはおよそ千件を数えた。アメリカ合衆国におけるヘイトクライムすべてのうち、五〇パーセント弱が黒人を標的にしたものである。アメリカの黒人男性の六十五人に一人が警官によって殺害されている。犠牲者のうちおよそ二五パーセントは丸腰だった。ジムはまだ逃走中だ。

「フォーブス」誌によると、二〇一八年に世界で最も億万長者の多い国はアメリカ合衆国だったという。彼らの多くは幸せな生活を送っていることだろう。その四十五年前の一九七三年、アーシュラ・Ｋ・ル・グウィンは「オメラスから歩み去る人々」という短篇小説を発表した。オメラスの町では住人のすべてが非の打ちどころのない幸福な暮らしを享受している。みなで分かち合うこの幸せにはひとつだけ条件がある。年に一度、夏の祝祭のときに、とても美しい建物の地下にある狭い部屋の前を、住民すべてが列をなして通り過ぎなければいけない。そこには半裸の子供（ル・グウィンはその子供の性別も、肌の色についても書いていない）が閉じ込められていて、汚物のなかに坐りこんでいる。この子供は生まれたときからそこにいるわけではなく、日の光や母の声を思い出せる。「おとなしくするから、出してちょうだい。おとなしくするから！」と子供は訴える。

ときたま、この子供を見たあとで、家に帰らない人がいるとル・グウィンは書く。その人は通りに出て、そのまま歩きつづけ、まっすぐオメラスの町の外に出る。彼らがどこに向かっているのかは知らない、とル・グウィンはいう。だが、オメラスから歩み去る人びとがいることは知っている。

キマイラ

カナダ、アルバータ州のロイヤル・ティレル古生物学博物館は恐竜のコレクションで有名だ。しかし、その展示物のなかで最も奇妙なのは、人類が登場する以前に地球上をのし歩いていた巨大な爬虫類の骨格ではなく、およそ三億年前、先史時代の長大な時間のなかでほんの一瞬しか生きられなかった極小の海洋生物を拡大して展示したものだろう。どんよりしたプレキシガラスの海にただようそれらの白い輪郭でふちどられた輝く透明な体は実物より何倍も大きい。生きている状態を再現しようとした拙いスケッチは、素人目には気味悪く歪み、左右非対称で、空想上の生き物をいいかげんに描いたように見える。画家が目をつぶっていたずら書きをしたあと、どんなものができたかちらりと見て、すぐに消してしまう絵とでもいおうか。満足のいくまで描かれることのなかった幻影のような生き物はこれまで見てきたモンスターのなかでもとびきり恐ろしい。これにくらべれば、メドゥーサやバシリスク（ニワトリの頭と脚、ドラゴンの胴と尾、大きな翼をもつ伝説上の怪物）でさえ穏当で、平凡にさえ思える。地球上の生命の始まりはモンスターであり、私たちにとっ

てなじみのあるふつうの種ではなかった。
monster の語源は「警告する」を意味するラテン語の動詞 monere である。モンスターは非凡であり、フリークであり、常ならざるもの、思いがけないものであり、それらはめったに、あるいはまったく目撃されることがない。古代ローマの諷刺詩人ユウェナリスは存在するはずがないものの例として黒い白鳥をあげているが、まさにそのとき、(ボルヘスが指摘したとおり)黒鳥の群れがオーストラリアの空を覆いつくしていたことを知らなかった。私たちが存在するはずのない怪物と呼んでいるものが、いまこの瞬間にも宇宙の片隅にひっそりと潜んでいる可能性は——どんなにわずかでも——つねにあるのだ。

私たちには自然のもつ創意の才が欠けているので——ダンテいわく「象や鯨はそのままにしておこうとも自然には別に苦にはならない」——人が想像するモンスターは自然がすでに考え出したものを大小さまざまに加工したものか、さもなければ動物園で見かける生き物の一部や断片を組み合わせたものにすぎない。魚、鳥、ライオンなどを女の体と組み合わせる。馬、牛、トカゲなどを男の体と結合する。種馬とヘビなら空が飛べる。神話上の創作物としては多くの腕をもつシヴァ神や三つの人格からなる三位一体がある。多頭のドラゴンや頭のない人間。想像上のモンスターを集めて動物寓話集を編むとしたら、シュルレアリストが考案したゲーム「優美な屍骸」を少々派手にしたようなものになるだろう。一枚の紙を折りたたんで、何人かが他の人の絵を見ずに顔と体を別々に描いたあと、最後に開いてみれば奇天烈だったり滑稽だったりする。それでも、キリンやカモノハシのような驚くべきものができあがることはめったにない。神はヨブに向かって得意げにこういったものである。「駝鳥は勢いよく羽ばたくが、こうのとりのような羽毛を持っているだろうか」。

モンスター信仰があまりにも深く根づいているせいで、オリノコ川の河口付近で三頭のマナティーを目にしたクリストファー・コロンブスは日記に、海で泳いでいる三人の人魚を見たと書いた。ただし、「いわれているほど美しくはない」と几帳面な正確さで付け加えている。モンスターがそこにいるのは私たちがその存在を期待するから、さらにいえばその存在を必要としているからかもしれない。

キマイラ（またはキメラ）は合成されたモンスターの典型である。ホメロスはキマイラについてこう書いている。「人間から生まれたものではなく神の種族で／体の前の部分は獅子、後部は蛇、胴は山羊という怪物／口からは恐ろしい勢いで炎々たる火焔を吹き出す」。ヘシオドスによれば（キマイラは雌らしい）ギリシャ神話に出てくる下半身が大蛇で上半身が美女の怪物エキドナの娘であるこの恐ろしいキマイラは巨大で、足が速く、力が強く、冥界の門を守る番犬ケルベロスのように三つの頭をもつという。「頭のひとつは獅子、もうひとつはドラゴン、三つめは山羊」である。別の詩人によれば、キマイラはスフィンクス（オイディプスに退治された）とネメアーの獅子（ヘラクレスに退治された）を産んだという。キマイラ自身は翼のある馬ペガソスに乗った英雄ベレロポーンに退治された。私たちの空想のなかに棲むモンスターはつねに不幸な最期を遂げるようだ。

それでも、私たちの祖先が想像力で生み出したモンスターのなかには、時代を越えて生き延びるしぶとさをもつものもいる。キマイラとはちがって、ケンタウロスや人魚、ドラゴンやグリフィン、人喰い鬼やサテュロスはいまでもこの地上を徘徊している。一方、キマイラは生き物というよりひとつのシンボルとなっている。『ギリシャ神話』の著者ロバート・グレーヴスによれば、ギリシャ人にとってキマイラは三部にわかたれる暦年の象徴で、「その一年の季節をかたどる動物が獅子と山羊と蛇」なのだった。現代人にとって、キマイラは不可能の代名詞である。思い描くことはできるがけっして実現できないもの、たとえば痛みのない人生やすべての人にとって公正な社会を示すときに用いられる。

今日、モンスターとはなにを意味するのだろう？　人間の範疇に含めるのが耐えがたい存在、「非人間的な」行動によって私たちに警告を与えるもの。ヒトラー、スターリン、ピノチェト、バッシャール・アサド、大量殺人鬼、レイプ犯などがモンスターと呼ばれてきたのは、彼らの行為がとても人間のすることとは思えないからだ。古代の人びとはもっと賢かった。古代の神々や怪物は超自然的な特質と欠点を備えていたが、同時に人間的な欠点と特質も備えていた。ポリュペーモスは騙されやすく、ケルベロスは貪欲、ケンタウロスは賢く、下半身が蛇のメリュジーヌは蠱惑的で、ペガソスは空を飛ぶ速さを自慢し、ヒュドラは強さを誇示する。これらの怪物たちが記憶に刻まれるのは、私たち人間と同じように、彼らがプライドと嫌悪と欲望を——それに嫉妬や倦怠も——感じるからだ。私たちと同じように思いやりを欲し、同じように苦しみに耐える彼らは、この地球上でともに生きる仲間として恐怖以上に敬意を抱かせる存在である。スフィンクスが身の破滅を招いたのはオイディプスに恋をして自分から謎の答えを教えたからではないかとジャン・コクトーは想像する。

祖先の生きた時代とはちがって、現代は騙されやすく、同時に懐疑的な時代でもある。自分たちは合理性を重んじる科学的思考の持ち主だと自負しているが、その一方で、宇宙から来た緑色の小さな人間の存在を信じ（フロリダ州アルタモンテのセント・ローレンス保険会社はエイリアンによる誘拐への補償を扱っている）、ヒマラヤの雪男やネス湖の怪獣を目撃できると思い（そんなツアーが組まれている）、吸血鬼を恐れている（近年でも二〇〇四年二月、ルーマニアのペトレ家という一族の何人かが、亡くなった親族を吸血鬼ではないかと疑い、遺体を掘り返して心臓を切り裂いたうえに燃やし、その灰を水に混ぜて飲んだ）。古代人は怪物たちを社会に溶け込ませたが、その存在に責任を感じてもいた。ミノタウロスはパシパエの欲望から生まれた。セイレーンは船乗りたちが禁断の領域に進まないよう警告するために生まれた。歴史家のポール・ヴェーヌはこう説明する。「たしかにギリシャ人は、それを信じていた。彼らの神話を！」だが、彼らは神話を真実だと思っていたのだろうか？　ヴェーヌはこう答える。「真理の観念は、われわれを潜在意志から引き離している付和雷同的自己満足の薄っぺらな膜のようなものである」。

今日、私たちはモンスターを信じているが、その存在にたいして責任を負いたくはない。私たちにとって、キマイラのようなモンスターの存在はもはや真実についての問いかけではなく、真実の回避である。すべての人に——だれにでも——褒むべき善行をなし、また忌避すべき悪行をなす可能性があるという事実から、私たちは目をそらしているのだ。

ロビンソン・クルーソー

人はそこからの脱出を願うことなく無人島に上陸はしない。大陸に錨をおろしているからこそ、人は水平線の彼方へ船出したいと願う。たどり着いた無人の岸辺、そこでなら自分にふさわしい世界を築くことができる。そして、ささやかな自分だけの宇宙を思うがままに支配できるはずだ。ところが、いったん島に上陸し、寒さと飢えと恐れと退屈と絶望を味わったあとで頭に思い浮かぶのはどうやってそこから抜け出すかということだけだ。G・K・チェスタトンは無人島にどんな本を持っていくかと訊かれたとき、「トーマス社の『実用造船ハンドブック』」と答えた。

そんなわけで、架空の島々を海に点在させ、驚くべき地図とわくわくする物語を作り上げたのが島の住人だったのも意外なことではない。大陸に生まれ育った人びとが別の陸地をわざわざ作りなおそうと思うことはめったにない。あの山々、あの森、あの谷の向こうにはまちがいなく他の人びとが住んでいて、自分たちと似たような姿で、似たような物語を紡いでいる。だが島には「よその土地」が

ない。すべてが瞬時に捉えられ、なにも隠せない。だからこそ、アングロサクソン人は別の生き方を模索し、つねに水平線を越えた先にあるはずのまだ見ぬ島々を作り上げたのだ。いつの日か発見されるか、また発見されないかにかかわらず、そんな島々が存在するためには物理的な質量を必要としない。そのような空想上の地理学の先駆はギリシャ、中国、アラブ世界などに存在したが、この分野の基本をなす三つのカテゴリー——そのどれもが架空の島を舞台とする——は過去二世紀という短い期間に大英帝国という島に住む人が想起し、定義してきた。トマス・モアのユートピア、レミュエル・ガリヴァー船長が訪問した島国、そしてロビンソン・クルーソーの無人島である。

一七一九年四月二十五日、「本人自筆による」とうたわれた『ヨークの船乗りロビンソン・クルーソーの生涯と奇しくも驚くべき冒険』と題する二巻の八折本がロンドンで刊行され、たちまち人気を博した。名前を出さなかった著者のダニエル・デフォーによれば、これはフィクションではなかった。彼は歴史家たち——ヘロドトスは彼らの方法論を否定していたが——の伝統に則った真実味のある年代記をでっちあげていた。だが、実話だと称するこの本の信憑性が疑わしいことなどほとんどどうでもよかった。波乱に満ちた物語があまりにも真に迫っていたので、読者は本当のことだと信じこんだ。語り手は架空の人物だとしても、起こったことは事実にちがいない、とこの本を読んだ人びとは口々にいった。

たしかに事実ではあった。この本が出版される十五年前の一七〇四年、アレグザンダー・セルカークという名の船乗りが、理由は不明ながら、船長によってチリ沖合の無人島フアン・フェルナンデス島に置き去りにされ、五年後の一七〇九年にそこから救出された。セルカークの物語にヒントを得たデフォーはそれをさらに拡大し発展させ、船乗りの話から原始的な社会の成り立ちを描いた物語をまとめ上げた。この本を愛読した著名人のなかでもとくに熱心な読者だったカール・マルクスによれば、それは「経済理論を行動で示し」ていた。クルーソーはホモ・プリムス（最初の人間）であり、人間のあらゆる技芸の祖となるアダムにほかならない。彼の島は人間活動すべての模範となり、その独自の発展はうまく機能する社会に備わった潜在的な可能性を示す。クルーソーはまったく新しい世界の可能性を哲学的に思い描くことができる。なぜなら（ドイツの哲学者ハンス・ブルーメンベルクがいうように）「かろうじて乗り切られた難破は哲学的出発の比喩となる」からだ。

最終的にロビンソン・クルーソーはふたたび故郷の地を踏むことになるが、世界の支配者でいられたあの島、王国の主として過ごしたあの場所を、彼がけっして明け渡すことはないということを読者は知っている。あそこ以外、どこへ行っても彼はひとりのイギリス人でしかない。セルカークの願いがどうであれ、ロビンソンが救い出されることはない。ボルヘスは一九六四年のソネット「アレグザンダー・セルカーク」で、イングランドに帰りついたクルーソーのモデルとなった人物にこんな言葉を与えた。

もはや海を　奥深い大草原を
じっと眺め暮らした男ではない私だが。
ここに仲間とともに安らかに暮らしている自分を
あの男に知らせる手立てはないものだろうか。

クルーソーの読者が知っているとおり、無人島に漂着することは、だれにとっても初めての経験ではない。その砂浜にこれまで足を踏み入れた人はいないとわかっていても、漂着という経験はすでに私たちの文学的な記憶のなかにある。クルーソーがその島にたどり着いた一六五九年十月のその朝以来、私たちはなんらかの希望をもって彼の最初の動作を何度となく反復してきた。スイスの『家族ロビンソン』、永遠に漂流しつづける『ギリガン君SOS』のツアーの一行、「蝿の王」の追随者たち、テレビのリアリティ番組で必死に競いあう出演者たち、月という孤島で感動をあらわにするニール・アームストロング――これらはすべて哀れなイギリス人の紳士を主人公としてダニエル・デフォーがお膳立てした舞台を引き継ぐ者たちだ。なぜならクルーソーはいうまでもなく紳士だからである。彼はイギリス国教会の信徒である（カトリックの祈禱書数冊は船に置いてきた）。自分と異なる人びと（たとえば人喰い人種、たとえば黒人）はすべて蛮人だと固く信じている。そして、帝国の境界の外にある野蛮な世界に文明をもたらすという任務に自信満々でとりくむ（その世界が吹きさらしの岩の集積程度の大きさだとしても）。彼はなんでもやり方を知っている。家を建て、柵をめぐらし、初めて足を踏み入れる土地の地図を作り、山羊の皮をなめし、自分の服を縫い、小麦を植え、陶器の壺を焼き、料理する。多くの務めが英国国王の名のもとに果たされるが、その労働を称える人はいない！

そこで、デフォーはクルーソーのもとにフライデーを差し向ける。フライデーがいなければ、この文明化されていない野蛮人のフライデーがいなければ、クルーソーの偉業は悲しいかな、誰にも知られず、ふさわしい観客がいないままになる。影がなければクルーソーは消えてしまうだろう（結局のところ、フライデーとは陰気で野暮ったいクルーソーそのものであり、クルーソー自身と同じくらい孤独で不幸せな存在なのではないだろうか?)。故郷に戻ることが許されるまで島から島へとさまよいつづけたギリシャの先達のように、彼はだれでもない者となる。「だれでもない」どころではない。フライデーが物語に登場するまで、クルーソーには名前がない。なぜなら、訊ねる人――つまり、話し相手――がいないからだ。すなわち、生きた言葉を用いる機会がない。要するに、実りある思考を働かせる機会がない。観察したことを書き留めていたノートは彼の人となりを伝えるものとして十分ではない。作家は言葉に生命を吹きこむ読者を必要とする。だれもが知るとおり、文学は双方向の芸術だからである。犬、猫、山羊、オウムなどが無人島の暮らしに代わる代わるあらわれるが、それだけでは足りない。彼らは愛すべきペットではあるが、話し相手になる仲間ではない。クルーソーの独り言にぼんやりと耳を傾けるだけだ。だが、フライデーには言葉の才能がある。クルーソーよりはるかに素質のあるフライデーは、キリスト教の教義を教えるクルーソーからシェイクスピアの言葉を学ぶだろう。だが、クルーソーはフライデーの言葉を学ぼうとせず、したがってフライデーが明かしてくれたかもしれないすばらしい信仰体系を知ることもない。要するに、クルーソーを存在させるためにフライデーが必要なのだ。一八一九年に出版されたゲーテの『西東詩集』には先史時代から生きつづけるイチョウの葉をうたった詩がある。一枚のイチョウの葉は二面性をもつ。

この小さな葉は東から旅をしてきた
そしていま、わが家の庭に落ちている

イチョウの落葉には豊かな意味が秘められている。
それは賢者にとっての叡智である。

その緑色の葉は
ふたつに分かれながらも、同時に完全な一体なのだろうか？
それともふたつの葉が結ばれて
ひとつの魂になるのだろうか？

この問いへの答えは
誰にでもわかる。
私の詩から
私もまたふたつでありひとつでもあるといえなくはないだろうか？

クルーソーがハルの波止場を船出する前から、フライデーは彼の想像のなかにいた。砂の上にフライデーの足跡を見つけるよりずっと前から、この野蛮人は運命の人としてクルーソーの心のなかにいた。なぜなら彼はイギリス人ではなく、キリスト教徒ではなく、白人ではなく、これらすべての要素を備えた立派な紳士に仕えるべき存在だからである。フライデーにとって、そしてフライデーの末裔にとって、百年後に採択された「人権宣言」はなんの意味ももたない。たしかに奴隷制は廃止されるだろう。しかし、それは別の形の隷属状態に置き換えられただけだ。児童労働、低賃金、土地収用、性産業、大量殺戮、環境破壊、産業化によって引き起こされた飢饉、追放、強制退去。したがって、たとえ奴隷ではないとしても、フライデーはつねにクルーソーよりも下位に置かれるよう運命づけられている。フライデーの役割は農地、工場、あるいはオフィスなど劣悪な環境で働かされること、ご主人様に仕えること、目立たず、こびへつらう者になることでしかない。ルソーがエミールの座右の書に『ロビンソン・クルーソー』を選んだのは、社会の不公平を描いた作品を通してこのことを教えるためだったのかもしれない。

クィークェグ

人間にとって唯一完全に未知なる世界は私たちが囚われている肉体である。それ以外はすべて探査されるよう開かれている。最も遠い距離にある星や最も深い海溝にも人の好奇心は及んでいる。だが、私たちが体を自分のものだと主張するとき、その根拠はそう信じることしかない。鏡を見れば自分の顔だと思うが、そこに映ったものは左右が反転している。後ろ姿はといえば、月の裏側と同じくらい未知の世界だ（これまで知られていなかった月の裏側はいま中国人によって慎重に探索されているので、同じとはいえないかもしれないが）。成人の体は面積およそ一・五から二平方メートルの皮膚で覆われている。私たちの大多数にとって、その表皮のうち見ることができるのはせいぜい三分の一である。「私の病床から神に捧げる賛歌」で、ジョン・ダンは「私が世話になっている医者たちは、その愛の力によって、地理学者となった。私は地図となって、この病床の上に、平らに寝そべって、彼らに診てもらっている」と書く。私たちの医師は、その地図を当人よりもくわしく探検できる。それはまるで、私たちの肌の上に一冊の本が書かれているかのようだ。そして、それを読めるのは他人だ

けなのだ。

　グーテンベルクが印刷機を発明してからおよそ五百年後、カフカは短篇小説「流刑地にて」で三つの部分からなる拷問機械を描いている。処刑される囚人が寝かされる下の部分は「ベッド」、上の部分は「製図屋」、中間の可動部分は「馬鍬《まぐわ》」である。この「馬鍬」からは二本の針が並んで突き出ている。一本は長く、もう一本は短い。長い針は囚人の皮膚に彼らが破った法律の条文を書き記し、短いほうの針は水を噴出して血を洗い流し、文字を読みやすくする。自動筆記機械ともいうべきこの奇妙な仕掛けは、グーテンベルクの発明品を怪物的にあらわしたパロディである。歴史家のエリザベス・アイゼンステインは、グーテンベルクの印刷機によって「神の言葉は多様性を帯び、神の業は一様不変となった」と述べている。カフカの機械が恐ろしいのは、当の囚人には書かれた文字が読めないところである。

『白鯨』の登場人物である銛打ちのクィークェグは、体一面に象形文字めいたしるしの刺青を入れている。それは彼の故郷であるココヴォコ島の亡き預言者にして見者の手になるもので、天と地に関する完璧な理論、そして真理に到達する技についての秘法が記されていた。イシュメールの説明によれば、クィークェグその人が「解明されるべき一個の謎であり、驚異的な一巻の書物であった。しかし神秘は、おのれの生きた心臓がその下で鼓動しているにもかかわらず、自分自身にすら読めないものである」。したがって、その神秘は「それが書かれている生きた羊皮紙とともに朽ち果てるのが定めで、したがってまた、その神秘は永遠に解き明かされることがない」。イシュメールが思うに、だからこそ、ある朝、この刺青を入れた男をじっと見たあとで、エイハブ船長は荒々しくこう叫んだのだ。「おお、人をじらす神々のおぞましい手口よ！」

イシュメールも体に刺青を入れている。だが、それらは荒んだ放浪暮らしのあいだに集めた事実や数字を記した覚え書きのようなもので、「情報を安全に確保するためにはそのような手段しかなかった」からである。右腕には岸に打ち上げられた鯨の寸法が記録されている。体のほかの場所は「当時構想していた詩」のためにとってあった。クィークェグの刺青は魔術師が彫った文言であり、普遍的なテキストである。イシュメールの刺青はたんに自分用のメモにすぎない。作家のレイ・ブラッドベリ――のちにジョン・ヒューストンの映画『白鯨』の脚本を手がけた――は「刺青の男」の構想を得たとき、クィークェグのことを考えたにちがいない。

クィークェグは文字が読めない。本をとりあげ、入念にページを数えはじめ、五十ページごとにひと息入れ、うつろな目であたりを見回し、いかにもびっくりしたとでもいうように、喉をゴロゴロ鳴らし、それからまた次の五十ページを数える。イシュメールは彼に印刷なるものの目的と本に載っている挿絵の意味を説明しようとする。そして、この教えるという行為から、二人のあいだに絆が生じたようで、二人は「なごみ、愛しあうカップル」として同じベッドで寝るようになる。文字は読めるが自分の人生に安住できず、自殺も同然の航海にみずから飛び込む男と、文字は読めないが、おのれひとりを友とし、真の哲学者のごとく、生きることや努力することを意識しない男。

イシュメールにとって、海は自分の子供たちにたいして悪鬼のごとくふるまうものに思える。「おのれの客人を殺害したかのペルシャ人よりたちが悪く」、「緑なす、うるわしき温和な大地」とは大違いだ。そして、読者に懇願する。「海と陸をともに考えてみたまえ。すると、自分のなかに奇妙な類似が発見できるはずだ。この恐ろしい海が緑なす大地をとりかこんでいるように。人の魂のなかにも平和と喜びに満ちたひとつのタヒチ島があって、やはりどの島も半ばしか知りえない人生の恐怖にとりかこまれているのだ」。そして読者と自分自身に警告する。「その島から漕ぎ出すことなかれ。二度とふたたび戻ることかなわざればなり！」

クィークェグは自分が知らないこと、読めないことを気にかけたりはしない。自分の肌に書かれた刺青のように、しるしは存在する。自分が幸せに過ごし、世界とうまくやるにはそれで十分なのだ。彼にとって世界は「邪悪の極み」であり、そんな世界でクィークェグは――信奉する小さな木偶の神ヨージョのお告げに従って――「異教徒として死ぬ」覚悟を決めている。

一方、二等航海士スタッブと会話するエイハブ船長は、目に見えるものはすべて「薄っぺらな仮面」だと考えていて、「わけがわからないように見える出来事でも、その不可解な仮面の裏では道理にかなった何かによって目鼻立ちがかたちづくられていく」と信じていた。そして、さらにこう述懐する。「わしがほんとに嫌っているのは、その手の不可解な出来事だ」。クィークェグには嫌うということ自体が理解できないようだ。

病に倒れ、死期が近いと思ったクィークェグは、自分の死体がハンモックに包まれて、なにか穢れたもののように、死肉に飢えた鮫の群れのなかに落とされるのはいやだという。カヌーの形をした棺で海に流してくれというので、船大工は「異教徒じみた、棺の色をした木材」でカヌーを作る。その木材はラッカデイ諸島の原生林から伐り出してきたものだった。クィークェグはその棺に愛用の銛と航海用のビスケットを少し、真水を入れた瓶、土を入れた小袋、枕用に帆布を巻いたものを入れた。

突然、なんの前触れもなく、クィークェグは病から回復する。彼は（ソクラテスのように）陸にやり残した仕事があることを思い出し、（ソクラテスとはちがって）死ぬのをやめる。クィークェグの信念によれば、人がいったん生きると決めれば、病気ごときで死ぬわけはないのだ。「鯨とか、台風とか、その種の狂暴で無知蒙昧な始末に終えぬ破壊者」しか彼に死を宣することはできない。クィークェグに使われなかったカヌー型の棺は、物語の最後にイシュメールを救うものとなる。船が海に呑みこまれたあと、例の棺が救命ブイのように浮かびあがって、イシュメールのそばにただよってくる。その棺のなかで一昼夜を過ごしたイシュメールは、行方不明になった息子を探して航行していたレイチェル号に救われる。

「あらゆる地上的なものには疑念をいだき、天上的なものにも何がしかの直観を保持する」とイシュメールはいう。「こうした疑念と直観の均衡を保てれば、狂信者にも背信者にもならず、その両者を平等に見ることができる者になるであろう」。クィークェグこそ、そんな人間である。

独裁者バンデラス

「独裁政治は、こそ泥やちょっとした暴力などではなく、完全なる略奪である。それは神聖であると同時に冒瀆的であり、私的でありまた公的でもある」。プラトンの『国家』第九巻でソクラテスは聞き手にこう語っている。「それでも、本物の独裁者は他と比較にならないほど卑屈な存在であり、また隷属状態に縛られている。独裁者は人類として並ぶものがないほどおもねった存在であり、みずからの欲望をほとんど満足させられない人間である。ほぼあらゆる物事に不満を抱き、心底、哀れというしかない人間である。人間を見る目のある人ならだれもがそう思うはずである。生涯を通じて、独裁者は恐怖に怯え、激しい悩みと痛みに苦しめられる。さらにいえば、独裁者は彼が支配する都市と似ていて、そのイメージを体現する存在である」。そして、ソクラテスはこう結論づける。「独裁者に支配される都市ほど悲惨なものはない」。

ソクラテスのいう暴君はあらゆる時代、あらゆる国に生息する普遍的な存在だが、ラテンアメリカはとりわけ独裁者の発展に適した場所のようだ。ただし、近年のアフリカ大陸とベルリンの壁崩壊前

のソヴィエト圏はそれに比肩するかもしれない。地球上の特定の地域、しかもかなり広範な土地で、たった二世紀のあいだになぜこれほど悪名高い独裁者のリストができあがったのかは、答えの出ない問いである。解放者シモン・ボリバルは一八三〇年の手紙でこうした状況を予見していたが、それについての説明はない。「アメリカは」――ボリバルはラテンアメリカをそう呼んでいた――「統治不可能である。革命に携わる人びとは海を耕しているようなものだ。唯一、アメリカでできるのは他の国に逃れることだけだ。この土地はほとんど目にもとまらないほどちっぽけな、肌の色も人種もさまざまな、勝手気ままにふるまう矮小な独裁者たちの手に落ちる定めなのだ」。

ボリバルの予言は当たり、一世紀半もたたないうちにカルロス・フエンテスはラテンアメリカの作家仲間に向けて、それぞれの国の独裁者についての小説を書き、そのシリーズを「祖国の父たち」と命名しようではないかと提案するに至った。フエンテスにわかっていたのは、ラテンアメリカを形成する二十七か国はもれなく、少なくとも一人の独裁者を自慢できる（という言葉が適切かどうかはともかく）ということだった。国によっては、一人どころか二人かそれ以上を数えることができた。不運にも、このプロジェクトは実現に至らなかったが、それでも数篇の傑作が生まれた。コロンビアではガブリエル・ガルシア＝マルケスの『族長の秋』、グアテマラではミゲル・アンヘル・アストゥリアスの『大統領閣下』、パラグアイではアウグスト・ロア＝バストスの『至高の存在たる余は』、ペルーでは（舞台はドミニカ共和国だが）マリオ・バルガス＝リョサの『チボの狂宴』。フエンテス自身は一九七五年に『われらの大地』を発表した。これらの小説の主人公すべてにソクラテスの述べた定義があてはまる。

ラテンアメリカの独裁者という陰鬱な人物像はヨーロッパの作家たちをも魅了した。ジョゼフ・コンラッドの『ノストローモ』に始まり、ハーバート・リードの『緑のこども』、グレアム・グリーンの『名誉領事』、そしてもっと最近ではダニエル・ペナックの『独裁者とハンモック』など、ヨーロッパの作家たちは海の向こうの暴君たちに身近な独裁者たちの異国的な姿を見出したのだ。そうした独裁者のなかでおそらく最も複雑で最も謎めいた存在がラモン・デル・バリェ＝インクランによる『独裁者バンデラス』の主人公である。

一八六六年にガリシアの田舎の最も貧しい地域に生まれたバリェ＝インクランは苦労してサンティアゴ・デ・コンポステーラ大学に進み、卒業後はマドリードでジャーナリストとして働きはじめた。モデルニスモの詩人たち（とりわけ当時スペインに住んでいたルベン・ダリオ）の影響のもと、初めて世に出た彼の作品は、ある批評家によれば「抒情的な発散」であり、人間の楽しみのために作られ、人間の意志が優先される世界を描いていた。そこに登場するヒーローは兵士にして愛人、ニーチェの超人とティルソ・デ・モリーナのドン・フアンを混ぜたような存在だった。一九一六年に従軍記者としてフランスで過ごしたあいだに、バリェ＝インクランは戦争と暴力についての見方を一八〇度転換したと思われる。保守的で貴族的な感性の持ち主だったこの作家は（一九一〇年には右派政党の候補として国会議員選挙に出馬したが落選した）、五十歳にして熱烈な左翼支持者に変貌した（そして今度は左派政党から選挙に出馬したが、またもや落選した）。そんな彼の目に映る世界を描きだすために、バリェ＝インクランは粗野で飾り気のない文体を練りあげ、そのスタイルで書かれた戯曲と小説が有名になった。彼はそれらの作品を「エスペルペント」と呼んだ。この言葉は「グロテスクで恐ろしいもの」を意味し、ヨーロッパ文学における古典的なモチーフの歪んだ形を指していた。エスペルペント小説の第一作（そして最高傑作）が『独裁者バンデラス』だった。

『独裁者バンデラス』の舞台は南米の架空の国サンタ・フェ・デ・ティエラ・フィルメで、作者がメキシコに滞在したときの経験がヒントになっている。メキシコには一八九二年に三十四歳の駆け出しの作家として初めて訪れ、一九二一年には著名な作家として再訪した。一九二三年から一九三〇年までスペインを統治したプリモ・デ・リベラの強権の下で検閲に悩まされた（リベラにたいして批判的な意見を述べたせいで短期間投獄されたこともある）バリェ＝インクランは、リベラの圧政を自分の知っているラテンアメリカの荒々しい風景のなかに移して描くことにした。ひとつはメキシコのポルフィリオ・ディアスの独裁政権を作品にとりいれるため、またひとつにはドキュメンタリーの束縛から逃れるためである。サントス・バンデラスという主人公の造形に寄与したのはプリモ・デ・リベラとポルフィリオ・ディアスだけではなかった。バリェ＝インクランは批評家アルフォンソ・レイエスに宛てた手紙で、『独裁者バンデラス』は「フランシア博士、ロサス、メルガレホ、ロペス、ポルフィリオらの特徴を備えた独裁者についての小説」だと語っている。これらはすべてラテンアメリカの独裁者である（ホセ・ガスパル・ロドリゲス・デ・フランシアはパラグアイ、フアン・マヌエル・デ・ロサスはアルゼンチン、マリアーノ・メルガレホはボリビア、アントニオ・ロペス・デ・サンタ・アナとポルフィリオ・ディアスはメキシコ）。出所がなんであれ、この試みは大成功を収めた。「『独裁者バンデラス』以前に書いたものはろくでもない」と、バリェ＝インクランはあるインタビューで語っている。「この小説が私の第一作だ。私の作品はここから始まる」。そのとき彼は六十歳だった。

独裁者サントス・バンデラスの人物像は、短い会話やちょっとした場面の行動といった断片で示されるが、このパッチワークのような効果は、数学的といいたいほど厳密な枠組みのなかに置かれている。ダンテの『神曲』と同じく（バリェ＝インクランは若いころ、この本を読んで大いに感銘を受けた）バンデラスの人生は数字の三と七をめぐって築かれている。プロローグとエピローグに挟まれて第一部から第七部まであり、中心に置かれた第四部だけは第一から第七の書、それ以外の六章はすべて三つの書からなる。合計二十七の書である（三×三×三）。しかも、物語は三日のあいだに起こり、三つの決定的な瞬間がある。最初はプロローグ、二つめは小説の中盤、三つめは第三部の第三の書である。

このような数字へのこだわりは、バリェ＝インクランが神秘学に魅了されていたせいだろう。神秘学では七と三という数字に神聖な力があるとされる。この小説のおもな登場人物たちは周囲から超人的な力が備わっていると信じられている。バンデラス自身もファウストと同様、悪魔と契約を交わしたと思われている。けっして眠らず、親しい友人ももたず、信じがたいような偉業を成し遂げる力があるようだ。バンデラスと対立するドン・ロケ・セペーダも謎めいたオーラを放っているが、彼の場合、その「神秘主義」への傾倒は古くからある思想体系である神智学の研究によるものである。それによれば「探究者」は目に見えるものと目に見えないものすべての仕組みを理解でき、さらに幽霊と意思疎通ができるという。この小説は全体的に現実離れした空気がただよっている。とはいえ、そうした要素は明確に示されているわけではなく、異様なものや超自然的な事柄はつねに、地元の迷信や現地の人びとの言葉、風景そのものの描写を通してほのめかされるだけだ。

バンデラスはスペイン人の血がほんの数滴だけ混じったほぼ純粋なインディオである。暴力的かつ残忍な気性で、噂話を信じ、敵を攪乱して裏切りを唆すが、その一方で禁欲的な面もあり、不義や売春を忌み嫌うような言葉も漏らす。口数は少なく、ひっそりと動き、つねに神父のような黒ずくめの格好をしている。突き刺すような鋭い視線はけっして内心を明かすことがない。話す言葉は堅苦しいが、偽りだらけだ。笑い声は甲高く気難しい。ラテンアメリカの多くの独裁者がそうであるように（ロサス、ストロエスネル、ビデラを見よ）（アルフレド・ストロエスネルはパラグアイの大統領、ホルヘ・ラファエル・ビデラはアルゼンチンの大統領）、バンデラスは自分を愛国者だと思っているが、実態は絶対的な権力を楽しんでいるにすぎない。もしかしたら、これがラテンアメリカの独裁者に共通する特質なのかもしれない。彼らが台頭できたのは、ボリバルが忌み嫌った「統治不可能」、つまり憲法や法といったものを完全に無視してきたからである。彼らにとって憲法や法など、たいていは大がかりなバロック風野外劇の派手な見せびらかしでしかない。

そんなバロック的な舞台にふさわしく、彼らの末路はオペラの幕切れにも似て、いわば独裁の犠牲となった人びとの口に出せない夢が実現したようなものとなる。サン・マルティン・デ・ロス・モステンセス修道院で敵に包囲されたバンデラスは命運が尽きたことを知る。彼が最後にするのは、娘が敵の手に落ちるのを避けるため、みずから短剣を握って娘の体に突き立てることだった。そのあと、バンデラスは銃弾を浴びながら窓から転落する。彼の頭は切り落とされ、広場に三日間さらされる。残りの胴体は四つに切り分けられてサンタ・フェ・デ・ティエラ・フィルメの四つの塔にそれぞれ送られる。

サントス・バンデラスを取り巻く人びともそれなりに複雑な性格をもつ多面的な人物ではあるが、最も力強く生きているのはバンデラスの周囲にいる無名の民衆である。兵隊、先住民、娼婦、召使、囚人、農民、大使、政治家などが一体となって、独裁者を核とした有機的な怪物を生み出す。二十一世紀に生きる私たちの経験もこのことを裏づけている。呟いたり叫んだりして権力の座に就こうとする独裁者のまわりにはきまって、彼らにこびへつらう無思慮で献身的な大勢の支持者がいるのである。

シデ・ハメーテ・ベネンヘーリ

彼はスペイン文学の長い歴史の上で最も偉大な作家である。標準的なスペイン語であるカスティーリャ語ではなく、スペイン国内の改宗したアラブ人が話すロマンス語をアラビア文字で表記したアルハミヤーで書いた。北アフリカに亡命したスペイン系ユダヤ人が話したラディーノ語と同様、アルハミヤーはアラビア語とカスティーリャ語が混じったものであり、一六〇九年のムーア人追放によって唐突に姿を消すまで、スペインに住むアラブ人たちのあいだで盛んに使われていた華やかな言語だった。名前だけ残していまも私たちの書斎に亡霊となってとりついている傑作の数々と同じように、彼の名を有名にした小説もひょっとしたら失われていたかもしれない。たとえば、アリストテレスに「あらゆる喜劇の親」と称されたホメロスの滑稽詩『マルギーテース』やウンベルト・エーコの『薔薇の名前』で殺人の動機となったアリストテレスの『詩学』第二巻のように。文学趣味のあるひとりの兵士——その名はミゲル・デ・セルバンテス・サアベドラ——のおかげで、その傑作は失われずにすんだ。

セルバンテスが（当人の言によれば）その名を思い出せないスペインのある村に住む老いた騎士の物語を書き始めていたことはわかっている。当時、セルバンテスは身に覚えのない罪で投獄されていた。この不当な収監のせいで、自分よりもずっと滑稽で勇敢な男、いかなる困難にもめげず、日々の不正に決然と立ち向かう男を想像するようになったのかもしれない。「あらゆる不快感がのさばり、あらゆる侘しい物音によって支配されている」じめじめした独房――かつてアフリカ北海岸でもっと長期にわたって捕虜生活を送ったときのことを思い出させたにちがいない――に閉じ込められた囚人は、この世の欺瞞に満ちた慣習に屈することを是とせず、自分の選んだ倫理だけを規範として、それに従おうと決意した男を思い描いた。市民は自分の信念を隠して見せかけだけの人生を送るべきだとする社会の偽善にたいして、彼が生み出した主人公ドン・キホーテは絶対的自由という真理を突きつけた。自分自身の倫理規範を選びとり、それを容認しない人びとの面前に堂々とひけらかすことができるという真理である。

ところがここに来て（と、これもセルバンテスみずからが語る）、この英雄の驚くべき物語の第八章になって突然、作者の霊感が尽き、セルバンテスは空威張りの切り合いのさなかで語るのをやめる。筆が進まないまま、ある日、トレドの市場をぶらついていると、アラビア語の書かれた草稿が雑然と積まれた屋台を目にする。道端に散らかっている紙切れでさえ拾って読みたがる熱心な読者の一人だったセルバンテスは、なにが書かれているのか気になってそれを買い取り、翻訳できる人を探す。翻訳者はすぐに見つかる。というのも、トレドは昔から翻訳の盛んな場所としてヨーロッパでも定評があり、追放令にもかかわらず、トレドの市場の通りでは、アラビア語とヘブライ語のできる者が簡単に見つかったからである。こうしてセルバンテスは翻訳者を家に連れて帰ると、一か月半後には干し葡萄二十キロ余りと引き換えに（そんな大昔から翻訳者の報酬はたいして増えていない）ドン・キホーテの冒険譚のスペイン語訳が手に入った。オリジナルの小説にあった著者の署名はシデ・ハメーテ・ベネンヘーリだった。

当人の率直な言葉によれば、セルバンテスはこの本の父ではなく継父であり、物語の受け手であって原作者ではないという。何世紀ものあいだ、読者はその言い分を信じてこなかった。獄中のセルバンテスがこの本を書いたというほうが、シデ・ハメーテ・ベネンヘーリの書いた草稿をセルバンテスが見つけたという話よりありそうなことに思える。それでも、この二通りの説明はどちらもフィクションであり、また真実でもある。セルバンテスの世界（今日の私たちの世界と同じく）で、人は作られた役割を演じ、だれもが仮面をつける。

セルバンテスの時代、スペインの人口の三分の二を占めるムスリムとユダヤ人はイベリア半島から追放され、改宗した者、あるいは改宗したふりをする者だけが「新キリスト教徒」という装いのもとで留まることが許された。彼らはモリスコ（改宗したムスリム）、マラーノまたはコンベルソ（改宗したユダヤ教徒）と呼ばれた。信教の自由は一四九二年にグラナダを奪取したあとの降伏条約でカトリック王によって保証されていたが、七年後に取り消された。一六〇五年（『ドン・キホーテ』の前篇が出版された）から一六一五年（後篇が世に出た）までのあいだに、スペイン国王はこれらの「新キリスト教徒」の改宗が疑わしく、偽りだという理由で、彼らも追放すると決めた。そんな世界では、実質よりも外見が、事実よりも心象が重んじられた。

偏見は複雑さを認めないものだから、アラビア語を話す人びと——アンダルシア地方、チュニジア、アルジェリア、モロッコ、トルコ、中東のさまざまな国に住むアラブ人たち——の多様性は「ムーア人」の一語でまとめられるようになった。ムーア人は追放された期間が長くても短くても、イスラムの信仰を保っていようとキリスト教に改宗していようと関係なくすべて敵と見なされ、スペイン人の「旧キリスト教徒」とはまったく異質な存在とされた。それなら、スペイン人の作家はなぜ自分の著書の作者として他者を指定したのだろう？　しかも、たんに他者であるばかりか、故国から追放された人びとのひとり、いまや「向こう岸の」人びと、野蛮人と呼ばれ、民衆の想像のなかでは、五年ものあいだ彼を捕虜として拘束したアルジェリアの海賊たちのように、都市を略奪し、スペイン船を襲撃することでキリスト教国に復讐しようとする連中の仲間である。

そのようなあいまいさはシデ・ハメーテの世界につきものである。その物語は記憶の矛盾を前提としている。ラ・マンチャの有名な場所の名前はわざと思い出されない。登場人物の姓も不確かである（老郷士の名前はアロンソ・キハーダ、ケサーダ、それともキハーナか？　サンチョはパンサともサンカスとも呼ばれる）。ドン・キホーテとサンチョにバルセロナの印刷所で自分たちの物語を読ませることでフィクションの慣習を覆し、結果として生身の読者のアイデンティティを奪う。たった八章が過ぎたところで冒険物語はセルバンテスによって中断され、関係のない物語やエッセイや詩が挿入され、最初の騎士の家に戻って旅のエピソードが再開され、アリストテレスが求める直線的な語りが——シデ・ハメーテ自身の説明によれば——「もつれて絡み合い、擦り切れた」糸となる。現実は近似と断片の連続として忠実に描かれ、物語は狂った男（ドン・キホーテ）、または社会から狂人と見なされた者（アロンソ・キハーノ）の世界観を受け入れたり否定したりをくりかえす。したがって、そんな現実を私たち読者の前にさしだす作者が同様に断片的かつ大まかな存在となるのは当然であり、むしろ必然である。言葉にできないことを伝えるために、『ドン・キホーテ』の作者は追放された者という立場を選んだ。部外者だからこそ、自分を排除する社会のなかにあるものをだれよりもよく理解できるのだ。『ドン・キホーテ』はさまざまな特徴をもつが、とりわけ影のように対をなすいくつもの組み合わせが目立つ芝居でもある。アロンソ・キハーノとドン・キホーテ、ドン・キホーテとサンチョ、アルドンサ・ロレンソとドゥルシネア、サンチョとアロンソ・キハーノ。これらのペアに、ボルヘスは究極の分身《ウーバーダブル》、すなわち彼らすべてを吸収し、彼らと拮抗する人物の名前を加えた。『ドン・キホーテ』の二十世紀の著者、ピエール・メナールである。

私たちが読むシデ・ハメーテの小説が翻訳された作品だという設定は忘れられがちだ。それはつまり、最初に書かれた言語以外の言葉に翻訳し、それによって読者を増やし、評価を高めるだけの価値があると認められた文学作品である。十五世紀および十六世紀のスペインでは、翻訳される本とはすなわち知的に評価された作品を意味した。『ドン・キホーテ』は英雄的な主人公が結果はどうあれ、正義を貫く理由となった中世の騎士道精神を嘲笑しつつも称揚する立派な作品と認められた。それにもかかわらず、正しい行ないを貫いても不正がまかりとおる現実という避けがたい帰結に理想を突きつける程度にしかならないとしたら、そんな正義について書くこと自体が勇気ある行為となり、善行について思いめぐらすことが神の世界を正そうとする試みとなる。

騎士道精神そのものはドン・キホーテの倫理観と重なるわけではない。騎士道とは、そのような倫理観が世の中で実行されるさいに得られる形である。ところが、ドン・キホーテの宇宙では、個人の倫理観に従って行動するだけでは神の役を演じるのに十分ではない。人の倫理的な行為は、神が理解する——だが神の道具たる人には計り知れない——ものを成し遂げないかぎり、善き行為とはいえないのだ。自らの意志でなされた正義がかならずしも正義の実現につながるとはかぎらない。それを決めるのは神だけだ。このような考え方はキリスト教よりもむしろコーランの教えに近い。コーランはこういっている。「人は意志をもって正しい道を歩むべきである。だが、万有の主、アッラーの御望みがないかぎり、人はこれを望むこともできない」。ドン・キホーテが正義を守ろうとするのは、神がそう望んだからかもしれない。しかし、その約束はドン・キホーテの行動の結果までは及ばない。忍耐を試され、苦しみを映し出す鏡を神に向けたヨブのように、ドン・キホーテは神自身の正義を映し出す鏡を掲げる。

だが、これはまだ真実なのだろうか？　私たちの世代は作家に英雄であることを求め、スターと見なしたがる。私たちがセルバンテスに望むのは、反逆者、強制的に改宗させられたであろう人びとの息子、ストックホルム症候群に陥った捕虜——自分を捕らえたムーア人たちにアルジェの収容所で共感を抱き、彼らを通じて、イベリア半島から排除された文化を愛するようになった男——という役割を果たすことである。シデ・ハメーテ・ベネンヘーリを作者にするという行為に、私たちは復権あるいは報復のしぐさを見ようとする。そして、ときおり示されるアラブ文化への敬意のなかに、果敢な抵抗の身振り、あるいは忘れまいとする態度を見たがる。この本に散見するムーア人への侮蔑から、私たちは『闇の奥』の人種差別的な声や『ヴェニスの商人』の反ユダヤ的な声のような、登場人物のリアルな特徴を読みとろうとする。私たちがセルバンテスに求めるのは、偏見のただなかにあっても、専制的な野望や排斥に傾きがちな政治のなかでも、ひとりの芸術家が抗議の声をあげ、私たち読者のために人道的な旗を掲げつづけようとする姿である。私たちがこの作家に望むのは、私たちにかわって良心をはっきりと示すことである。私たちはシデ・ハメーテに救ってもらいたい。

残念ながら、これは過大な期待でしかない。セルバンテスが『ドン・キホーテ』の作者をシデ・ハメーテとしたのは、探偵小説の作者が最もそれらしくない人物を犯人に仕立て上げるような、たんなる気の利いた文学上の工夫だったのかもしれない。そこに象徴的な意味があったわけではなく、設定として最も効果的だからそれを選んだ。ムーア人問題にかんするセルバンテスの意見はそこらにいるふつうの人と同じくらい一貫性がなく矛盾していたのかもしれない。しかし、彼が書いていたのは政治パンフレットでも歴史の記述でもなかったので、物語がうまく進んでいくかぎり、自分の視点の不明瞭さは気にしなかった。遠い将来、読者が物語の結末だけでなく、その作家が自分の属する社会についてどう思うかを知りたがるとは、セルバンテスには思いもよらないことだったにちがいない。現代の私たちにとって真実とは物語から読みとる教訓ではなく、証拠にもとづいた統計的な枠組みのなかで時系列に事実を提示することであるとは、セルバンテスは想像もしなかっただろう。今日の作家たちは、食べ物からファッション、倫理からジェンダー政策まで、あらゆることについて意見を求められると不満を漏らす。その流れで、私たちははるか昔に死んだ作家たちにも意見を訊ね――ホメロスには戦争をどう思うか、ソポクレスには女性について、シェイクスピアにはユダヤ人について、ヴォルテールには市民の義務について――そのあげく、彼らが作品を通じて私たちを教え導くつもりなのだと思いこむ。私たちはフィクションが会計帳簿でも教典でもなく、メッセージや教義を伝えるものでもないことを忘れがちだ。むしろフィクションとはあいまいさを好み、未熟な、あるいは生半可な意見、憶測、直観、感情のもとで育まれるものである。

もちろん、いまの私たちに向かってシデ・ハメーテに語らせようとすることはできる。そして中世の読者がウェルギリウスの詩句のなかに答えを求めたように、シデ・ハメーテのページに問いかけることもできる。私たちは一冊の本と対話し、本によって啓発され、洞察力や反発を呼び覚まされ、その時代の暗黒に抵抗して勇敢に立ち上がる勇気を与えられる——そんなことを聞いたら気の毒なシデ・ハメーテは仰天するにちがいない。

周知のとおり、天才が正義の味方として立つことはめったにない。私たちが偉大な芸術を美徳と結びつけるからこそ、私たちは偉大な芸術家自身も善良で高潔な人びとだと想像する。セルバンテスがだれであろうと、彼がスペインとその政治についてどう考えていようと、結局のところ、どうでもいい。もっと重要なのは、今日の『ドン・キホーテ』の読者にシデ・ハメーテという圧倒的な存在が語りかける事実である。拒絶された文化が簡単に沈黙させられることはなく、歴史における不在は存在と同じくらい確固たるものであり、文学は往々にしてその作り手の最も賢明な人びとよりもさらに深い知恵を備えているのである。

ヨブ

質問——彼はなにを待っているのか？

聖書によれば、彼は無垢な正しい人で、神を畏れ、悪を避けて生きてきた。妻をめとり、七人の息子と三人の娘をもうけ、七千頭の羊と三千頭のラクダ、五百頭の雄牛、五百頭の雌ロバに大勢の召使いを抱えていた。東の国一番の富豪だった。蝿一匹殺さないほど寛大な人物だったにもかかわらず、朝は早くから起きて、家族の数だけいけにえを捧げた。子供たちのだれかが万が一、心のなかで悪いことを考えたり、神を呪ったりした場合に備えてである。「用心に越したことはない」とヨブは口癖のようにいっていた。こうして家族と家畜たちに囲まれた老年のヨブの満ち足りた日々は過ぎてゆき、祝祭はより幸せな祝祭に、いけにえはより感謝に満ちたいけにえとなった。

あまりにも善意にあふれた暮らしぶりがサタンを苛立たせた。というのも、主にたいする人類の献身の証として神が事あるごとに「わが僕《しもべ》ヨブ」と呼んだからである。そこでサタンはいった。「そりゃあもちろん、彼の望むものをすべて与えていたら、ありがたく思うのも当然だ。立派な家、うまい

食べ物、上等なラクダ、従順な子供たち、忠実な召使……そんな恩恵を惜しみなく与えられたら、だれだって善良でいられる。だが、そのすべてが失われたらどうなるか見てみよう」。

神はこの挑戦を退けられず、ものごとを中途半端にすることもできなかった。神はサタンに、ヨブの身に害を加えないかぎりなにをしてもいいといった。翌日、シェバ人がヨブの土地を襲い、雄牛と雌ロバを盗っていった。空から火が降ってきてヨブの羊を焼き尽くした。カルデア人が来てラクダを奪っていった。ヨブの子供たちが宴会を開いているさなかに荒野のほうから大風が吹いてきて屋根が崩れ、その下敷きになってみな死んでしまった。こうした恐ろしい出来事を聞いたヨブは、衣を裂いて頭を剃り、地に伏して礼拝の姿勢をとると、主の御名をほめたたえた。創造主への不満などひとことも漏らさずに運命を受け入れたのだ。

神はとても喜んで、ヨブの模範的な態度をサタンに自慢した。「持ち物をすべて奪われたときでさえ、立派な態度でいたヨブを見たか？　愚痴もこぼさず、呪いの言葉も吐かなかった」。「たしかに」とサタンは認めた。「しかし、それは災厄が彼の肉体を苦しめるものではないからだ。今度はあなたの手で彼の骨と肉に触れてみたらどうか。そうすれば、面と向かってあなたを呪うにちがいない」。ヨブの忠実さを信じて疑わなかった神は、頭のてっぺんから足の裏までひどい皮膚病にかからせた。それでもヨブは不平の言葉ひとつ漏らさず、陶器の破片でかゆいところをかきむしり、灰のなかに坐るだけだった。ヨブの妻はもはや我慢がならなかった。「なんとかしなさい、愚かな人！」と妻にいわれても、ヨブは沈黙を守った。

友人たちは（友人とはそういうものだから）、ヨブの身に降りかかった神の呪いには筋の通った理由があるにちがいないと説いた。このようなことがわけもなく起こるはずはない、たぶんヨブの態度にどこか足りないことがあったのだろう、と。だが、ヨブはいいはった。つねに正しいと思うことをしてきた。それでも、ただの人間が全能の神の手になる行為の真意を知ることなどできようか？

マイモニデスは『迷える者たちの導き』でこう説明している。哲学者（ここではアリストテレスを指す）によれば、人間界で起こる些細な事柄のすべてを神は知ろうともしないし知ることもできない。それにはいくつかの理由がある。個々の出来事にかんする知識は感覚によって捉えられるから（肉体をもたない神には身体感覚もない）。個々の事象は数において無限だから（そもそも、神といえども無限のものを知ることはできない）。さらに、個々の出来事は時間の産物であり、したがって変化するが、それらの事象にかんする神の知識も同様に変化せざるをえないから（だが神は変化しない）。不正や無力は神のせいではなく、たんに神の知るところではないのだとするアリストテレスの説をマイモニデスは紹介する。神がヨブに試練を与えたのは、ヨブの苦しみの詳細を知らないからであり、子供が何人いるかとかラクダの一頭一頭がどうだとかは神にとって知るはずのないことなのだ。

つづいてマイモニデスは自説を開陳する。神の摂理は人間だけに適用される。マイモニデスによれば「この人間という種族にかぎり、個々人に起こるあらゆる出来事、および彼らに降りかかる善と悪は、それぞれにふさわしいものである」。そして、さらにこう付け加える。「だが、あらゆる動物、あらゆる植物、その他についてはアリストテレスの意見に賛同する。私の見たところ、それらに降りかかるものはすべてまったくの偶然である」。神はヨブの息子たちを気にかけ、神のみぞ知る理由で罰せられることを許した。ラクダたちの運命に神は関与しない。

多くの読者にとって、ヨブは完璧な市民の見本である。ものごとがうまく行っているとき、ヨブは感謝する。うまく行かないときも同じだ。めったに不平をいわず、なにも要求せず、なにより主なる神がなんでもやりたいようにすることを受け入れる。ヨブにとって、労働組合は存在せず、老年年金もなく、社会をよくしようとする市民団体とも無縁で、アムネスティ・インターナショナルも関心の外である。カルデア人の腐敗した弁護士のせいで財産を失ったら？　シバ人の不動産業者に建設資金の大部分を抜き取られたせいで家が倒壊したら？　病気になったとき、病院でその治療には保険が効かないといわれたら？　仕事で不当な扱いを受けたら？　秘密警察——それほど秘密でもない——の手で子供たちがさらわれたら？　それでもヨブは頭を垂れて、全能である神のなさることの意図などただの人間にはわかるはずがないという言葉をぼんやりとくりかえすだけで、主なる神をけっして咎めようとしない。

　聖書の記述によれば、ヨブは最後には勝利する。神学者のジャック・マイルズが示唆するとおり、結局のところヨブはようやく神を沈黙させた。神（ヨブ記に登場する神）は二度と言葉を発しない。意図的に陥れられた苦境からヨブが脱したことを知ると、神は自分の僕の大いなる献身に報いようと決め、奪ったものを二倍にしてヨブに与えた。つまり、ハッピーエンドである。

　だが、現実の社会ではそうはいかない。ヨブは目に見える見返りもないまま苦しみつづける。そこで問いたい。ヨブはいつまで耐えつづけるのだろう？　どれだけのものを奪われたら、ヨブはそんな不公正が受け入れがたいと気づくのだろう？　いつになったら、古代ローマの法律家のように、「いったい《クイ・ボノ》だれのせいで？」と問うのだろう？　だれが彼の家畜を世話し、土地を守り、労働の成果を刈り取ったのか？　子供たちの死はだれのせいなのか？　権力者の気まぐれな決定にたいして、人が自分の身を守らなければと決意するのはいつなのか？　いったいどれだけの権利が奪われたら、ヨブは「もううんざりだ」というのだろう？

　サタンの賭けはいまもつづいている。

カジモド

一九三〇年代のあるとき、ブエノスアイレス中心部のパレルモ公園を散策していたアルゼンチン人の裕福なご婦人がふと年老いた物乞いの女に目をとめた。この公園はすばらしいバラ園が自慢で、そのご婦人は毎朝、花の香りと色合いを楽しみながらそこを散歩することにしていた。そんな彼女にとって、いぼだらけの顔、黄ばんだ歯、団子鼻の物乞い女の姿は不快だった。そこで、その醜い姿を見ないですむよう、この優美な公園に近づかないという条件で物乞い女に一週間分の金を与えた。これを立派な行ないだと信じていたこの奇妙な慈善家は記者に訊かれて、「美を守るため」にそうしたのだと説明した。これは私たちにとって驚くべきことではない。十九世紀末のアメリカでは、いわゆる「醜陋法《しゅうろう》」によって、身体に障害をもつ人びとが公共の場を訪れることが禁じられ、いくつかの都市ではこの法律が一九七〇年代まで通用しつづけた。自分は意識の高い人間だと思いこんでいても、内心であるいは公然と、人は醜さを罪と見なしがちだ。

昔からおなじみの概念である美と同様、醜さも主観的なものである。「存在とは知覚されること《エッセ・エスト・ペルキピ》」の変形ともいうべきこの考え方は真理である。ただし醜さとは、私たちが往々にして好む対立構造から生まれた概念でもある。アリストテレスは『形而上学』で、美の基本的特徴は「秩序、均整、明瞭さ」だと述べている。その考えによれば、醜さの基本的特徴は無秩序、不均整、あいまいさということになる。

美学の大いなる矛盾は（根強い思いこみからだと思われるが）、伝統的に美しいとか醜いとされてきたものを見るとき、経験から得た感覚とは相容れないと思わざるをえないことである。美しい顔とは、退屈なほどありきたりで、表情がなく、ありふれている。醜い顔とは、興味をそそり、経験を感じさせ、愛嬌がある。多くの文化で、美しいものが醜いとされ、醜いものが美しいとされる。ナバホ族の絨毯を織る者、アーミッシュのキルト製作者、イスラムの書道家、トルコの造船技師はみな、自分の作るもののなかにわざと不完全な部分を残し、（ある学者の言葉を借りれば）「管理された偶然」を組み込んで作り手の技術を見せると同時に、完璧なものは神の手になるものだけだという信念をも示している。日本の陶工は「わび・さび」という概念を重視する。哲学者のクリスピン・サートウェルの説明によれば、「わび・さび」の境地における美とは「枯れ、風雨にさらされ、色褪せ、傷つき、親しげで、粗く、素朴で、つかのまで、かりそめで、はかない」ものだという。こうした考え方によって、なにが好ましいかという従来の概念を覆すだけでなく、固定化された認識を改めさせるのだ。ソクラテスは醜いことで知られていたが、その醜さは対話を通じて知的な美へと転換され、その美しさは肉体的な美のように朽ちることがない。この概念上の転換から、なにかを、あるいはだれかを、たったひとつの限定された条件だけで判断するのは正当なことなのかという疑問が導き出される。

一見シンプルに思える概念——美とはなにか、醜とはなにか——にこれほど大きな差異があるとしたら、私たちが下す判断の確実性そのものについて根底から問いなおすべきかもしれない。もちろん、すべての価値を片っ端から否定するわけではないが、文化的な教育、個人の経験、それに私たちの視覚や味覚をかたちづくる伝統の受け入れ方について、もっと慎重に考慮すべきである。「ヒキガエルに美とはなにかと問うてみよ」とヴォルテールはいった。「そうしたら蛙は答えるだろう。それは大きな丸い目玉が突き出た雌のヒキガエルだ、と」。

私たちが読む本に登場する不細工な顔のなかで、その性質が最も定義しにくいのはヴィクトル・ユゴーが生み出したノートルダムのせむし男カジモドだろう。その顔立ちの醜さに直面して、作者当人がお手上げだと打ち明けている。「読者にこれらをなんと説明したものか。あの角ばった鼻、あの馬蹄形の口、もじゃもじゃの赤い眉毛でふさがれた小さな左目、大きないぼの下でまったくようすがうかがえない右目、砦の胸壁のようにあちこちが欠けている乱杭歯。たこのできた唇のあいだから、象の牙のように一本の歯が突き出ている。二つに割れた顎。そしてなにより、その顔全体をおおう、悪意と驚きと絶望が混じりあった表情だ。読者よ、できるならこのすべてを想像してみてほしい」。

私たちはそうしてきた。そんな姿を思い描いてきたのだ。ユゴーの小説が出版された一八三一年以降のみならず、それよりずっと前、人類が最初に悪夢を見るようになったころから、原始のカジモドは穴居人の村をうろつきまわり、マンモスさえも仕留める狩人たちを怖がらせてきた。創世記の記述がほんとうなら、カジモドは天使と悪魔の恐怖をあらわす恐ろしい唯一神の姿に似せて作られたことになる。現代のカジモドは私たちにとっての他者であり、歪んだ鏡に映る自分たちの姿を見せつける。私たちがなりたくないと願うもの、自分の姿として世界に見せたくない存在である。人は身なりをととのえる。服を着て、飾り立て、髪をくしけずり、化粧をし、他人に好まれない欠点を隠して外見を偽る。ジョージ・バークリーがいうように、人は知覚する視線のなかにのみ存在する。

ハムレットの問いはカジモドのとはちがう。カジモドはただ存在を許されたいと願う。他人と同じ権利をもちたい、四季の移ろいや友人とのつきあいを楽しみ、美について考えをめぐらせたい。彼が求めるのは、外見によって左右されないこと、自分の感情や思考に従って行動するのを許されること、他人の恐怖を映し出す鏡であるのをやめることだ。異質な他者への恐怖を体現する存在でいるのはいやだ。ウィリアム・サローヤンの短篇小説「空中ブランコに乗った若者」の主人公、社会に受け入れられずに死なざるをえなかった青年のように、カジモドは「生存許可願」を書こうと思ったかもしれない。だが、書かなかった。

内面にあるものと外面が示すもののあいだ、見えるものと隠されたもののあいだの矛盾は、文学の世界ではおなじみのものである。ところが現実の生活でこの矛盾に直面すると、私たちは簡単に騙される。ナチ親衛隊員クラウス・バルビーのやさしげなまなざし、マザー・テレサの写真のいかめしい顔つき、ヒトラーとチャーリー・チャップリンのちょび髭と阿呆面は私たちにほとんどなにも教えない。私たちはあいかわらず、カジモドのような顔になんの取り柄もないと思っている。

それでも当人の考えによれば、カジモドは外見とは正反対の人間である。彼はエスメラルダに素焼きの壺（内心の奇妙な隠喩によれば、それは彼自身をあらわしている）に生けたきれいな花を見せ、クリスタルガラスの花瓶（恋敵である近衛隊長フェビュスのイメージ）に生けたしおれた花と比較させる。つまり、カジモドは自分の美しさは内面にあり、だれもそれを見ようとしないのだと理解している。彼は人を愛することも許すこともでき、勇敢にもなれる。人に（少なくとも最初のうちは、狂信的な司教補佐フロロにさえも）感謝し、恋に落ちる（エスメラルダへの恋心は募る）。こうしたことはすべて無視される。彼は怪物のように醜いだけで、それが彼のすべてを決める。この小説のタイトルとなっている大聖堂の存在意義が壮麗さであるのと同じことだ。これは危険な考え方であり、隠された真実を暴くきっかけになる。背中のこぶ、乱杭歯、歪んだ目という外見の下にすぐれた人間がいるのだとしたら、ノートルダムの美しく彫刻された石とステンドグラスの窓の下にはなにが隠されているのだろう？

この小説が出版されてから二十五年後、ユゴーは『静観詩集』で同じ問いを投げかけた。

恐ろしい井戸から言葉が聞こえてくる
それを求めてはならぬ。その深淵が口ならば
おお神よ、声とはなにか？

カソーボン

カソーボン氏は本の虫である。象牙の塔の囚われ人、特別な才気をもたない文学趣味の紳士、熱心な読書家であり、現実の世界は彼の書斎を邪魔しに来るものでしかない。彼の中身といえば（カドウォラダー夫人によれば）「干上がった豆がガラガラ鳴っているだけの人」で、「演説をしてほしいと言われたときのように」言葉を神経質に選んで話をする学者ぶった人物だ。彼のことをハンサムだという人はまずいない。ドロシア・ブルックの友人たちは彼をミイラ同然だと評し、顔にある二つの白いあざから毛が生えているのがいやだといい、血色の悪い肌を子豚のような顔色と比べる。彼は世間がインテリに投げつける決まり文句を体現したような存在である。引きこもりで、人間嫌いで、セクシーさとは縁もゆかりもない。十五世紀の人文主義者がいう書痴から、現代ではスーパーマンの別人格（クラーク・ケント）、ロアルド・ダールのマチルダ、臆病な学者、図書館員、あるいはただの本好きまでも、不器用な、眼鏡をかけたオタク、人前で嘲られて当然の人間と見なされてきた。『若草物語』のジョーは書きあげたばか

りの小説を載せてもらえそうな雑誌社にもちこむとき、人に知られないようにする。からかわれることを恐れ、友人のローリーに打ち明けたときでさえ、だれにもいわないと約束させる。エジプトの哲学者ヒュパティアは（実在の彼女であれ、チャールズ・キングズリーの小説『ハイペシア』の主人公であれ）無理解な暴徒に殺される。『赤と黒』のジュリアン・ソレルは物語の冒頭で、本を読んだといって父親にぶたれる。ジョーとヒュパティアとジュリアンとカソーボン氏、彼らは全員、この大きなせわしない世界が知的な活動に敬意を払わないことを知っている。

エドワード・カソーボン牧師の軽んじられる理性にたいして、若いリドゲイト医師はいわば実践である。リドゲイトの美点のひとつはその声だった。「いつもは深みがあって朗々とした声だが、時によっては低い優しい声にもなる」。大っぴらにはいわないにしても、戦うことを「大いに歓迎する」と認めている。彼は行動の人というだけではない。なにかをしている途中でふとそれをやめると、そばにあった本を手にとる。サミュエル・ジョンソンの『ラセラス』や『ガリヴァー旅行記』ならまだしも、辞書や外典付き聖書のこともある。馬に乗っていないとき、動物を追いかけ回していないとき、人の話に耳を傾けていないとき、彼は手当たり次第に本を読む。少年時代のリドゲイトは、自分の好きなことならなんでもできる子だといわれつつも、まだ好きなものはとくにない。ものわかりがよく、活気に溢れているが、彼の内に知的情熱を燃え上がらせる火花はまだない。リドゲイト少年にとって知識は底の浅いもので、簡単に習得できるように思える。そんなリドゲイトとはちがって、カソーボン牧師は知的探究の本質がその困難さにあることを知っている。

カソーボンに紹介される前、ドロシア・ブルックはこのまだ見ぬ学者に会うのを「楽しみにしていた」。カソーボンについては、「学識のある人として知られ、宗教史に関する偉大な著作をまとめようとして」いて、「自身の宗教心をより輝かしく見せるためのじゅうぶんな財産もあり、自分の見解というものを持っていて、著書を出版したあかつきには、それがより明らかなものになるはずだった」と書かれている。カソーボンという仰々しい名前（十六世紀の偉大な学者アイザック・カソーボンを思い出させる）は学問の世界の歴史を強烈に感じさせずにはおかない。じっさいに会ってみると、ドロシアは内心、カソーボン氏ほど心惹かれる人はいないと思う。わくわくする冒険物語で言い寄るムーア人にたいして、デズデモーナも同じように感じたものだった。

エドワード・カソーボンは全身全霊を捧げて大作にとりくんでいる。その野心的な『全神話解読』（未完の名著）はジェイムズ・フレイザーの『金枝篇』より六十年ほど、ジョゼフ・キャンベルの『千の顔をもつ英雄』より一世紀以上も先んじている。これが完成していたら、カソーボンは歴史上の偉大な学者の列に肩を並べただろう。牧師であるカソーボンはキリスト教の啓示が歴史始まって以来のあらゆる文明に反映してきたと考える。それは不完全な鏡かもしれないが、そこにはまだ一種の本質と普遍的な真実が映っている、と。カソーボンはポスト構造主義者である。ドイツ式の実用主義を信奉していたジョージ・エリオットは自分の小説に登場する人物の知的能力に懐疑的で、もろもろの要素にかんするカソーボン氏の理論は「自ら傷を負うことで、思いがけなく真実に行き当たるような性質のものではなかった。それはなんとでも言えそうな推測のなかを漂っているようなもの」であり、さらに「星を糸でつなぐ計画のように、なにものにも妨げられることのない解釈法だった」と付け加える。ジョージ・エリオットは星座をばかにする。

カソーボン牧師は魂の伴侶を得たいと願っている。彼が生涯を捧げてきた偉大なプロジェクトの協力者となり、至高の真理を追究する人である。カソーボンは自分のためになにも考えず雑用をこなす奴隷を欲しただけだと非難されてきたが、そうではない。ボルヘスが史上最高の探偵小説と見なすイーデン・フィルポッツの『赤毛のレドメイン家』の主人公は理想の伴侶について次のように心情を吐露する。「マーク・ブレンドンは古風な考えの持ち主だったため、戦後の女性にはまったく惹かれることがなかった。戦後の女性たちが知性溢れるすばらしい人物ばかりなのは理解していたし、彼女たちの考えに触れて目を瞠ることもめずらしくはなかったが、彼の理想はあくまでひと昔前の女性——夫に先立たれたあとは亡くなるまでブレンドンの世話をしてくれた、彼の母親のような女性だったのだ。物静かで、思いやりがあり、信頼のおける女性——つねにブレンドンの興味の対象に関心を持ち、自分のことよりも彼のことを優先し、彼の進歩や成功をみずからの生きる糧とできる女性」。カソーボンはドロシアにたいして、自分が興味をもつものに興味をもってほしいと願うが、それも彼女が召使としてではなく、知的な助手として肩を並べた存在であることが条件である。カソーボンはドロシアに自分の人生を大事にしてほしいと思う。たとえ、彼女の人生を正しく発展させるべきだと固く信じていたにせよ。

ドロシアはなぜエドワード・カソーボンと結婚するのだろう？　高貴な内面というものを理解できる人であり、彼となら魂を通い合わせることができ、信条というものを該博な知識で照らしだし、学問によって信仰の証明ができる人だと思うからである。だから、伯父が牧師からのプロポーズを知らせたとき、ドロシアは喜んで受け入れる。「あの人の伴侶になるのは、だれにとっても名誉なことでしょうね」。

だが、相手がだれであれ、ドロシアの伴侶になるのは名誉なことだといえるだろうか？　たしかに、彼女は知的な会話に加わることができ、歴史と美術について学んでいる。とはいえ、それもある程度までだ。そこに至ると、彼女は退屈しはじめる。打ちひしがれたドロシアにとって、本は役に立たず、思考すら役に立たない。心から望んだ結婚の行く末がこれか！　しばしば引用されるこの小説の最後の一文で、ドロシアは「人知れず誠実に生き、誰も訪れることのない墓に眠る、数多くの人びと」と形容されている。たしかに称賛すべきだ。それでも、このような穏やかで飽きっぽい人のために、学問や芸術、知的な追究を捨てるにはいかなる類の献身が必要となるのだろう？　小説の半ばで、カソーボンは重篤な心臓発作を起こす前日、自分が死んだあと、自分の願い（具体的には言及されない）を叶えてほしいとドロシアに頼むが、ドロシアは応じられない。彼女にとっては、生きている人のために尽くすのと、死んだ人に尽くすという無期限の約束をするのは別の話だからだ。その約束を受け入れたら、自分の運命に「はい」といって従うようなものだと彼女は感じる。「いいえ」と彼女は心のなかでいう。「あなたが死んだら、あなたの仕事には指一本触れません」。知的な関係を築きたいというかつての情熱はどこに消えたのか。もちろん、彼女にはこの人生が理想のものではなかったと気づく権利がある。しかし、以前の約束はどうなる？

新婚旅行で訪れたローマで、ドロシアはカソーボンにヴァチカン図書館での調査を手伝うと申し出るが、遠回しに断わられる。しかし、ドロシアは夫の真意を誤解する。「きっと私は心が疲れて、自分勝手になっているんだわ」と彼女はひとり呟く。「自分よりもはるかに優れた夫を持つからには、妻が夫を必要とするほどには、夫が妻を必要としていないことを、認識しなければならないのだわ」。だが、これこそが肝心な点である。W・H・オーデンはこういっている。「同じだけ愛し合うことができなくても／私はより多く愛する者でありたい」。これがカソーボンであり、妻がそのことをほとんど理解していないと知ったら愕然とするだろう。作者の意見がどうであれ、読者はすぐに、カソーボンが愛情深くドロシアを（たぶん過剰に）庇護しようとしていることに気づく。ところが、ドロシアのほうは自分が「恐ろしさのあまりすべての気力が萎えてしまいそうな、この悪夢のような生活」を強いられていると感じる。ところで、カソーボンはどう感じているのか？　エリオットによれば、「惨めなカソーボン氏は、自分にたいして、とりわけ夫としての自分にたいして他人が抱く感情を、ことごとく信用しなかった。自分が嫉妬していると思われることは、彼が不利な立場にあると思っている人びとの考え（たぶんそう思っているのだろう）を認めたことになる。結婚してもさほど幸せではないということを知られたら、結婚前に反対されたのは（たぶん反対したのだろう）正しかったというようなものだ」。それは『全神話解読』の執筆が遅れていることを学者たちに知られるのと同じくらいまずいことだ、と作者はさらにいう。『灯台へ』のラムジー氏は人類の思想の進歩がアルファベット順に並べられると信じている。連続する概念はアルファベットの一文字であらわせるというのだ。そして、AからQまでなんとか考えたが、Rまではいかない。フローベールの生み出した二人の道化、ブヴァールとペキュシェは二人で熱心にとりくむ森羅万象の研究を完遂できない。同じように、カソーボン氏も大著の『全神話解読』を仕上げられない。これらの知的なバベルの塔は、その本質においては達成不可能な仕事である。カフカは書いている。「登らずにバベルの塔を建設することが可能だったら、その工事は許可されていただろう」。

しかし、そのような知識の探究が——そもそも達成不可能なのだから——役に立つどころか徒労でしかないとしても、ドロシアは、たとえば言語を教えてくれるといったカソーボン氏のささやかな慈悲をありがたく思う。だが、彼女がラテン語やギリシャ語を知りたいと思うのは、未来の夫にたいする献身からではない。古典語は「男性の学問分野」——と彼女はいう——だから、それが立脚点となって、そこからなんらかの真理が明らかになるのではないかと思ったのだ。これは完璧への道を求めたアビラの聖テレサ（エリオットはドロシアをこの聖女になぞらえている）の不動の立場である。この意味で、ひたすら魂の向上を求める聖テレサはドロシアよりもカソーボン牧師に近かった。聖テレサとちがって、ドロシアはつねに自分が出した結論を疑い、自分の無知を嘆くからである。「古典の知識を持った男性が、神の栄光を熱烈に求めながら、農家にたいしては関心がなさそうにしているところを見ると、たかが一部屋しかない農家などは神の栄光とは無関係なのだ、という結論を出してよいものか、彼女には自信がなかった」とエリオットは書いている。カソーボンの目標は知識そのものの追究である。完全な形でその欲求を満たせる場所はつねに地平線の彼方にしかない。ドロシアが自分自身で知識を追究しつづけ、彼と同じくその企てが本質的に徒労でしかないことを理解し、それでも追究する価値があると悟ったとき、彼女には答えの影が見えるかもしれない。

サタン

　私たちが意識と呼んでいるものが、いわゆる想像力から生まれたのか、それともその逆なのかはさておき、人類史のごく初期の段階で、私たちはみずからの存在を説明するために物語を作るようになった。さらに、神聖な存在、魔法の呪文、ドラゴン、亀、物質と反物質の衝突を想像によって作りあげ、こうして「むかし、あるところに」という冒頭の一節ができあがった。パスカルは、原初の創造主が寛大にも与える「小さな後押し」を求めたことでデカルトを批判した。そんなものは必要ない。それがなくても物語はおのずと展開していく。

　ユダヤ教が古代から存在した多くの神々を遍在する全能の唯一神にむりやりまとめてしまったことは、ピュタゴラス的な二元論の宇宙になじんでいた人類にとってあまりにも一方的だと感じられたにちがいない。人が考えつくものにはすべて弱点があり、やがて聖書の舞台に第二のキャラクターが出現した。彼もまた全能にして遍在するものであり、最終的には神の意思に従う立場ではあったが、それでもヨブや荒野での神の子をめぐる教訓的な物語にあるように、全能の神さえ唆すほどの狡猾さを

備えていた。神の光にたいして闇、神の創造の力にたいして破壊する力、真理にたいしてもうひとつの真理だった。多くの名前を与えられ、そのなかにはサタン、ルシファー、メフィストフェレス、ベルゼブブ、マスティマ（初期のユダヤ教典に出てくる）、イブリース（コーランに登場する）などがあり、またはたんに悪魔《デビル》（ギリシャ語のディアボロス「悪口をいう者」から）と呼ばれる。ヨベル書（聖書外典とされている）によれば、ノアの洪水のあと、神が反抗的な天使たちを追放し、人間を誘惑から解放しようと決めたとき、サタンは神を説き伏せ、人間の信仰心を試すという口実で試練を――まるで実験用のネズミのように――与えつづけるため、罰せられた群れの一割を自分の手に委ねさせた。人を騙すのがあまりにも巧みだったので、イエスはサタンを「偽りの父」と呼んだ（これは小説家を指す言葉でもある）。

至高の善と究極の悪という絶対的な区別に満足できなかったスーフィズム（イスラムの神秘主義）の詩人ガザーリーはサタンのための言い訳を考え出し、こう書いた。神の命令に従って、生まれたばかりのアダムの前に天使たちがひれ伏したとき、サタンだけは自分を試すものだといってその命令を拒否した。なぜなら、「全能の神以外のものに礼拝することを天は禁じている」からである。ガザーリーは神がこの忠実な僕《しもべ》にどんな返事をしたかは書いていない。ガザーリーから四世紀後のエジプトの学者シハーブッディーン・アル＝ヌワイリーによれば、アダムが創造されたあと、サタンは他の天使たちにこういったという。「主が私よりもこの生き物を好むなら、私は反逆する。主がこれよりも私を好むなら、私はこれを破壊しよう」。なぜなら、サタンの説明によれば「私のほうがこれより優れているからだ。私は火から作られたが、これは土から作られた」。

他の宗教では、サタンはいまも人類の仇敵である。アウグスティヌスの『神の国』はサタンを悪例として故意に配置されたものと見なし、「人間が神に従って生きず、人間に従って生きるやいなや、かれはサタンに似たものとなるのである」と述べている。その一世紀前に生きたグノーシス主義の思想家アペレスによれば、この邪悪なる者は旧約聖書の預言者に触発されたデミウルゴス（最高神に仕える神で世界の創造者）だという。ダンテは賢明にもサタンを地球の中心に置いた。この最も美しい天使は反逆を企てたあと地上に失墜すると三つの顔をもつ醜い怪物に変貌し、それを恐れた南半球の陸地は恐怖で海のなかに潜って、そこには「無人の」水の世界が残った。マルティン・ルターは（それ以前の聖アントニウスと同様）サタンを意地の悪い不愉快な存在と見なし、サタンに向かってインク壺を投げつけたため、ヴァルトブルク城の書斎の壁にインクの染みが残り、百年前まではそれを見ることができた。ミルトンが思い描いたサタンはメビウスの帯のようなものだった（「どちらに逃れても地獄、自分自身が地獄だ」）。ゲーテは、一抹の同情心とともに、サタンは自分があまりにも惨めだから人を誘惑するのであって、「同病相憐れむ」だといっている。後期のコーラン学者によれば、サタンはイブを誘惑したとき、蛇ではなく美しいラクダの姿だったという。「赤、黄、緑、白、黒のさまざまな色の尾、真珠のたてがみ、トパーズ色の体毛、目は金星か木星を思わせ、麝香《じゃこう》に竜涎香《りゅうぜつこう》を混ぜたような芳香をまとっていた」。

まちがいなく、サタン（またはそのイメージ）はいまも私たちのあいだに生きている。今日、オーストリア、バイエルン、クロアチア、チェコ共和国、ハンガリー、スロヴァキア、スロヴェニア、北イタリアの一部で、サタン（これらの地域ではクランプスとも呼ばれる）はクリスマスの時期にサンタクロースと同行し、いうことを聞かない子供を袋に詰め込んで、樺の枝を束ねた鞭で打ち据える。キリスト教以前から存在したこのクランプス＝サタンは角を生やした醜い生き物で、いまでは教会の意向に従うことを示す鎖を引きずっている。また別の場合、サタンはプードル、毒蛇、ドラゴン、ときには紳士の姿をとることさえあった。

ダンテは（ふたたび）罪も含めてこの宇宙のすべてが神の愛から生まれたものだと主張した。その考えに従えば、サタンは神の計画に背いて転向した者であり、人を唆して過剰に愛させ（肉欲、金銭欲）、愛情を足りなくさせ（嫉妬、怠惰、怒り）、あるいは不適切なものに愛情を向けさせる（虚栄心、高慢）。

聖ボナヴェントゥラによれば、人がわけのわからない苦しみに直面したときにうろたえるのは、神の完璧な正義にたいする私たちの信仰の欠如を示しているにすぎず、私たちが物語全体を理解していないことに起因しているという（本の最初の数ページを読んだだけで、ロード・ジムを臆病者だとか、ロメオを軽薄な若者だと断じるようなものである）。いまも昔も、日々の暮らしにつきまとう不幸な出来事に納得のいく説明を求めて、私たちはサタンに頼る。サタンは私たちの耳に恐ろしい言葉を囁き、私たちがたどるべき最悪の運命を思い起こさせる（と私たちはいう）。大災害や戦争や飢饉はサタンのせいだ（と私たちは主張する）。カリギュラ、ゲッベルス、ビデラの台頭も、拷問、殺人、児童虐待も同じく。サタンは人類の悪夢のような行動と血まみれの夢にたいする、私たちの漠然たる言い訳である。残念ながら、その責任能力をめぐる議論は、結局のところ、まったく説得力がない。

サタンの仕事が神の御業の暗黒面だとすれば、世界に蔓延する不幸のすべては神のエネルギー不足から来るとも考えられる。全能なはずの神が、不完全な創造物のせいで精も根も尽き果てたのだ。ハシディズムにはこんな小話がある。ポーランド中央部の辺鄙な村に小さなシナゴーグがあった。ある夜、一人のラビが巡回のついでにそこに入ってみると、片隅の暗がりに神が坐っていた。その顔を見て、ラビはいった。「神よ、ここでなにをなさっているのですか?」神は雷もつむじ風も起こさず、小声で答えた。「私は疲れているのだ、ラビよ、死ぬほど疲れた」。

ヒッポグリフ

ルドヴィーコ・アリオストによる『狂えるオルランド』全四十六歌をにぎわす多くの王、女王、貴族や貴婦人、海賊、召使、魔術師、寓話的なばけもの、神話上の動物たちのなかで、一貫して無傷のまま見事に駆け抜けるものがある。初めて登場するのは第二歌で、名前もないまま、目にもとまらぬ速さで飛ぶその姿はただ「翼の生えた巨大な馬」と述べられ、その背には魔術師アトランテ（同じくこのときはまだ名前も告げられず）が乗っている。この叙事詩の後半で、この生き物は自身と乗り手の行動を称えられたあと、ほかならぬ福音記者聖ヨハネの命を受けた騎士アストルフォによって解放され、姿を消す。その栄えある経歴において、ヒッポグリフは数々の輝かしい偉業を成し遂げ、地上を駆けめぐるだけでなく、月にまで渡って危険な旅をつづける。最後に自由を得るのも当然ではないだろうか？　私たちは喝采を送る。

ヒッポグリフがどんな姿をしているか、私たちは知っているつもりでいる。この架空の、とはいえ高貴な生き物について、いかなる誤解もされないように、アリオストは第四歌ではっきりとこう述べている。

されどその馬、妖かしではなく、
本物にして、雌馬と牡鷲の間に生まれ、
羽毛と翼、前足と頭と、
それに鼻づらは父親譲りで、
ほかの肢体は母親譲り、
名をイッポグリーフォと呼び、
凍れる海の遥か彼方の、リフェイの山の
ただなかに、稀に産する生き物だった。

「稀に産する」という言葉は重要だ。このような生き物が人の目にはめったにとまらないことを意味する。しかし、めったにというのであれば、可能性はゼロではない。ウェルギリウスが牧歌のひとつで述べているように、グリフォンは雌馬とつがいになるが、それはありえないことに思える。古代の注釈者によれば、グリフォンと馬は不倶戴天の敵だったからである。ウェルギリウスによれば、この両者の結びつきは、けっして実現しないことを意味した。だが、こうした修辞的技巧はかならずしも真実を述べているとは限らない。グリフォンと馬の組み合わせから――詩のなかではあっても――家畜のように現実味のある想像上の動物が生まれたのである。

アリオストにはそれがわかっていた。そのようなすばらしい出来事はめったにないことだと知ってはいたが、そこから生まれた子孫が一頭でもいれば自分の物語の内なる真理を伝えるのに十分だった。「他の数多と同じく、けっして魔法の生き物ではない」と、その他の魔術による創造物を無視して、彼は書いている。「これは現実であり、真実であり、驚嘆すべき自然物である」。かくも断固たる証言を疑うことができようか？

ヒッポグリフは個であると同時に普遍でもある。きわめて希少な存在とはいえ、許容される生き物を集めた動物寓話集に載っている。架空の生物でありながら、不死鳥のような唯一無二の存在ではなく（不死鳥がこの世に存在できるのは一度に一羽だけである）、現実にいるのが当然のように思えるため、ヒッポグリフはフィクションの世界にたびたび登場することになり、アリオストの詩で最後に自由の身となって飛び去ったあともすぐに新しい舞台で新しい冒険を見つける。たんに翼を生やした馬というよりも、むしろドラゴンに似たその姿は神話でおなじみの海獣と戦うのに適しているようだ。そこで、ヒッポグリフはいとこであるただのペガソスに置き代えられる。アングルの絵に見られるとおり、ペルセウスとアンドロメダの場面がアリオストの『狂えるオルランド』の主人公ルッジェーロとアンジェリカへと転換される。十七世紀スペインの劇作家カルデロンによる戯曲『人の世は夢』の魔術的な世界には逃げてゆく馬だけでは不十分だったのだろう、芝居の冒頭、男装の麗人ロサウラが登場して放つ第一声は「翼を得たか放れ駒《ヒッポグリフォ》」である。馬はロサウラを背から振り落とし、夢の世界に置き去りにした。貴族的な特権を得たヒッポグリフは、ゾンビや狼男のようなありきたりな存在ではない。だからこそ過去百年のあいだ、Ｅ・Ｒ・エディスンの『ウロボロス』からＪ・Ｋ・ローリングの『ハリー・ポッター』シリーズまで、ファンタジー作家たちはこの危険な種を自分の領域に取り入れてきたのである。

だが、それだけではない。

ルネ・マグリットは自分の作品《選択的親和力》について、ふつう鳥籠のなかには小鳥がいるものだが、小鳥の代わりに魚や靴が入っていたら、絵としてはもっと興味深くなるといっている。「そんなイメージはとても奇妙ではあるが」とマグリットはつづける。「それらは不本意な偶然の結果であり、気まぐれにすぎない。とはいえ、検討に耐えうる新たなイメージを得ることは可能だろう。なぜなら、それは最終的な形態であり、しっくりくるものだからである。そして、それがどんなイメージかといえば、鳥籠に入った卵である」。しっくりくるとマグリットがいうもの、それこそアリオストが描き出すヒッポグリフの本質にほかならない。

とどのつまり、戦いと友情と確執と情熱的な企てといった雑多なエピソードの寄せ集めこそが『狂えるオルランド』であり、なによりもしっくりくる。このめくるめく物語は終始、他の壮大な作品（『指輪物語』を含む）のどれよりもずっとにぎやかで、ものすごく楽しめるし、目の肥えた読者にとっては、いつでも心に響くものとなる。どの段階でも、アリオストは別の展開、異なる道筋を選ぶことができ、ひとつの場面を引き延ばしたり、短く切り詰めたりすることができる。この物語をまとめあげているのは心理的な、あるいは歴史的な、また物語としての一貫性ではない。いわんや、場所や時間にかんする古典的な解釈とはほど遠い。四十六歌という長い詩篇の断片によって、読者は丘のてっぺんから谷底へ、城砦から海へ、地上から月へと旅し、また戻りながら、「不本意な偶然や気まぐれ」に翻弄されるようには少しも見えない。荒々しい詩的な論理が冒険を支配し、その論理は主人公の狂った怒りに忠実である。その象徴がヒッポグリフ、ありえない状況から生まれたありえない生き物、夢のなかの夢のように筋の通った存在である。

ネモ船長

ネモ（Nemo）。スペイン語でも（Nadie）、ドイツ語でも（Niemand）、イタリア語でも（Nessuno）、西洋では一般に存在を否定する意味合いをもつ単語はほとんどといっていいほどNで始まる。ドイツの哲学者ヨハン・ゴットリープ・フィヒテは、「だれか（ラテン語でaliquis）」と「だれでもない者（同じくラテン語でnemo）」の差異を哲学的に表現しようとして、前者が「いまここにいる私」であるのにたいして、後者は「私ではないもの」、具体的な形をとるものがない、つまり存在のブラックホールのようなものだといっている。オデュッセウスはそんな意味合いをもつこの言葉を選び、愚鈍なキュクロプスに自分の名前は「だれでもない」だと告げる。こうして名前のない者になったおかげで、オデュッセウスは怪物の手から逃れることができた。ネモという名は、ジュール・ヴェルヌが名高い海の反逆者、グリーンピース活動家の先駆け、歴史に登場してその呼び名が定着する以前のアナーキーなテロリストに与えた名前である。

だが、ネモ船長とはなにものか？

自信家で、くぼんだ黒い目はひとにらみで水平線の四分の一を見渡し、冷静で、色白で、エネルギッシュで、大胆不敵、誇り高く、年齢は三十五歳から五十歳のあいだ、長身で、広い額、鼻筋が通り、くっきりと刻まれた唇。真っ白な歯、貴族的なほっそりとした繊細な手、情熱的な魂。これが潜水艦ノーチラス号の船室で呆気に取られている海洋生物学者アロナクス教授の目に映ったネモ船長の姿である。『海底二万里』をはじめとして、ジュール・ヴェルヌの名作すべてを世に送り出した版元のピエール＝ジュール・エッツェルは、ネモ船長を作者の姿そのままだと思い、挿絵画家のエドゥアール・リウーにヴェルヌをモデルにしてこの主人公を描くよう指示した。

ネモは戦う人であり、社会に迎合しない理想主義者である。理想主義者という点にかんしては今日の地に堕ちた意味合いではなく、十九世紀の定義においてのそれであった。ネモは読書家でもある。海産物を巧みに加工した料理だと明かされた風変わりな食事のあと、ネモは先に立って、囚われた客人を船室に案内する。船長が最初に足を踏み入れたのは図書室である。「背の高い紫檀《したん》の書棚、その幅広い棚に、同じ装丁で統一された無数の本が収められていた。ぐるりと部屋を取り囲むその書棚の足下には巨大な長椅子が置かれ、その詰め物をした栗色の革製の家具が、じつに快適そうな曲線を描いていた。可動式の軽い書見台がいくつか、これは自由に近づけたり離したりでき、読みかけの本を置いておけるようになっていた。部屋の中央の大きなテーブルは仮綴じ本で隙間もないほどで、すでに古くなった新聞も置かれていた。そういう調和のとれた全体が電気の光を浴びていた——渦巻き装飾の施された天井に半ば埋めこまれた磨《す》りガラスの球体が四個あって、そこから光が放たれていた」。アロナクス教授はこの図書室への賛辞を口にし、深い海の底にそれを築いた主人にも感嘆の気持ちを隠せない。教授によれば、この蔵書は「大陸のどんな宮殿に置いても恥ずかしくない」ものだった。だが、ネモ船長はこの図書室の邪魔になるものをけっして許さない。「深海の底ほどの孤独、または静寂を見出せる場所がほかにあるでしょうか、教授？」と彼は客人に訊ねる。ネモ船長にとって（私たちにとっても同様に）静寂と孤独は本物の書斎に欠かせない二つの特質である。その書斎にとって理想の読者とは——言葉でかたちづくられた無数の登場人物へと分割される——つねに「だれでもない者」なのだ。

ネモ船長の図書室には、科学、倫理学、文学など、さまざまな言語で書かれたおよそ一万二千冊の本がある。そこには大きな特徴が三つある。第一に政治経済にかんする本がない。高い水準を要求するこの書斎の持ち主にとって、その分野には満足できる著作がないからだ。第二に、ネモ船長の蔵書の集め方には見たところ法則がなく、主題も言語も気まぐれに混在しているらしいことである。船長はたまたま目の前にあったものを読むのが好きなのかもしれない。第三に、この潜水艦内の書棚には新刊書が一冊もない。

船長の説明によれば、これら一万二千冊の本は「わたしを陸地に結びつける唯一の絆」である。「わたしにとって、ノーチラス号が初めて海に潜った日に、世界は終わってしまいました。あの日、わたしは最後の本、最後の仮綴じ本、最後の新聞を買いました。それ以降、人類はもはや考えることも、物を書くこともしていない、とわたしは考えたいのです。それはそうと、教授、ここにある本は自由に読んでいただいてかまいませんよ。どうぞお好きなようにお使いください」。書棚のひとつに一八六五年に出版されたジョゼフ・ベルトランの『天文学の創始者たち』があるのを見て、アロナクス教授はネモ船長の海中での暮らしがほんの三年前に始まったのだと気づく。したがってこれは一八六八年の話であり、ヴェルヌの小説はその二年後に刊行される。

あらゆる書斎が持ち主の自伝のようなものだとすれば、この図書室はネモ船長の隠された本質のなにがしかを示してみせる。陸の世界、混沌とした人間社会で成り立っている世界を船長は忌避する。ノーチラス号の隔絶された世界のほうがずっと好ましい。彼は人類の発明精神、倫理的な想像力、はてしない好奇心に信頼をおいている。人類の行き過ぎた行為、暴政に傾きがちなところ、流血さえ辞さない貪欲さを嫌悪する。なによりも自由を貴ぶが、どんな自由でもよいというわけではない。ノーチラス号の図書室にピエール＝ジョゼフ・プルードンの『社会問題の解決』があったとしてもけっして驚くことではない。ヴェルヌはこの本をよく知っていた。「立憲君主制におけるそれのような、制度に従属する自由ではない。また、制度を代表する自由でもない」とプルードンは寓話的な文脈で語る。「それは相互の自由であって、限定された自由ではない。自由は制度の娘ではなく、制度の母である」。この生命の根源たる自由を、プルードンは「積極的な無政府状態」と呼んだ。ネモ船長も同じ信条をもっていたが、ちがうのはプルードンの理想主義的な提案では満足しなかった点である。ネモ船長は十九世紀の暴力的なアナキストたち――ラヴァショル、オーギュスト・ヴァイヤン、エミール・アンリ、サント・カセリオ――の先駆けといえるかもしれない。彼らの信念は爆弾と暗殺という形で表現された。ノーチラス号が引き起こした故意の海難事故は明らかに一種のテロ行為である。

この小説の第二部に描かれたネモ船長の暴力は版元のエッツェルを震えあがらせた。異議を唱えるエッツェルにヴェルヌは、フィクションの法則に従えばこうするしかないのだと説明した。アロナクス教授に「人間の魂から生まれた最も美しいもの」を示してみせた寡黙な愛書家は、いざとなれば、人類の教師という仮面をかなぐり捨て、「恐ろしい処刑人」になるのだった。書物はネモ船長にとって知識への導き手、そして人類共通の経験を示す見本帳だったが、その一方で、（読者もご存じのとおり）一冊の本、また図書室そのものでさえも、読者が選んだ道を照らすことしかできない。本は到達すべきゴールに読者を向かわせることはできず、方向を指し示すことさえできない。後年、ヴェルヌは『神秘の島』で、この英雄の最期について語ることになる。夢破れたアナキストは自分の敗北を受け入れる。「孤独とか、孤立して生きることは、じっさい人間の力にあまる悲しいことだ」とネモ船長は苦悩のうちに独白する。「わたしは、人間はひとりでも生きられると信じたまま死んでいく」。

ヴェルヌの孫ジャン＝ジュール・ヴェルヌによれば、祖父はロシア帝国に抵抗するポーランド人民の苦闘について書きたかったが、おそらくフランス政府による検閲のせいで果たせなかった。代わりに書いたのが『海底二万里』だった。ネモ船長は普遍的な存在であり、特定の革命家ではない。彼は尊大な笑みを浮かべて、自分は「大悪人」と呼ばれるだろうという。「人間社会から追放された反逆者と！」だが、アロナクス教授にはこう語る。「わたしが法であり、わたしが正義なのだ！」そして、いままさに攻撃しようとしている船を指して、こう付け加える。「わたしは抑圧された者であり、あそこにわたしを抑圧した者がいる！　わたしが愛し、いとしみ、うやまったものすべてを、祖国を、妻を、子どもたちを、わたしの父、わたしの母を、あの抑圧者のために、わたしは残らず失ったのだ！　わたしが憎んでいるすべてのものがあそこにいる！」

それにつづく凄惨な破壊行為のすべてが終わったあと、アロナクス教授は眠ろうとするが、眠れない。教授は頭のなかでこの物語を最初からふりかえる。まるで一度読んだ本のページをぱらぱらとめくっていくかのように。過ぎた日々を思い返すうち、ネモ船長は同じ人間であることをやめ、「深海の生き物、海の守護神」へと変貌する。私たち読者の目の前で、ヴェルヌの小説の登場人物であるアロナクス教授は彼自身の冒険の読者になる。ネモ船長はもはやアロナクス自身のようなひとりの人間ではなくなり、より大きく、より不可解な、より恐ろしい存在となる。彼はヴェルヌの想像力の範疇を越え、普遍的な図書室の一部となる。この魔術的な一瞬、主人公と作者、作者と読者、読者と主人公が混じり合って一体となり、本の内側と外側の別なく、物語のなかの時間と私たち自身の時間——彼の物語を読んでいるいまこのとき——のはざまで浮遊する。

フランケンシュタインの怪物

ピュタゴラス学派の教えによれば、あらゆる生き物は目下別のなにものかであり、また未来には別のなにものかへと変化する。「人はだれでも自分自身として存在するわけではない」と十七世紀の思想家サー・トマス・ブラウンは書いている。「これまで大勢のディオゲネス、大勢のタイモンが生まれてきたが、ただし名前はちがった。人は何度も生まれ変わり、いまのこの世界は過去のいくつもの時代と同じようなものだ。その当時は存在しなかったとしても、同じような人間はつねに存在した。いまも昔も同じように、人はくりかえし生きる」。

十八世紀末の「十一月のうら寂しい夜」、ドイツの町インゴルシュタットで誕生した（この動詞を使うことが許されるなら）生き物以上に古代からあるこうした考え方を体現するものはない。これには名前がない。大人の姿でこの世に生まれ、大学の解剖室や地下の死体置き場から——運動選手の均整のとれた体型や古典的な美しさを基準に——選ばれた人体のさまざまな部分や器官でできていた。だが、創り手自身が認めているように、できあがったのは望んでいたものではない。人体のかけらを

つなぎ合わせたものに命が宿ったとたん、もとの完璧さは失われる。「黄色い皮膚は、その下にある筋肉や動脈の動きをほとんど隠すことはなく、髪の毛は黒く光って流れるようで、歯は真珠のように真っ白です。しかしこのような輝かんばかりの特徴も、潤んだ目をよけい恐ろしく際だたせるばかり。その目は陰鬱な薄茶色の眼窩とほとんど同じ色ですし、やつれた顔やまっすぐ引かれた黒い唇も、やはりおどろおどろしく見えるだけです」。

フランケンシュタイン博士の望みは女性の関与なしに生命を生み出すことである。男性の精子のみから命を作り出すことは錬金術師の目標、男性優位主義者の夢、マッドサイエンティストの到達点である。ユダヤ教に伝わるゴーレムから、寓話や科学に登場する生命を吹き込まれた彫刻——アダムの肋骨から造られたイブ、ピュグマリオンの象牙の人形、ゼペットじいさんが木切れから作ったピノッキオ、メアリー・シェリーとその仲間たちを魅了した十八世紀から十九世紀初頭の機械人形《オートマタ》——まで、男たちは女の助けなしに生命を生み出せると考えてきた。つまり、女性だけがもつ受胎の能力を奪おうとするのである。フランケンシュタイン博士の怪物が生まれるとき、女性はなんの関与もしない。男がひとりでそれを成し遂げるのだ。中世の神学者にとって、男女の結びつきなしに受胎するのは恐ろしい罪だった。十六世紀スペインの律法学者モーセ・コルドベロによれば、「男女の結合および交接は天上の結びつきの印」であり、この神聖な方法以外への逸脱は神の意思を否定することだという。死体の断片から新しい生命を創ろうとするフランケンシュタイン博士は神の力に挑もうとする罪人なのである。

一方、この神話には別の側面もある。それは怪物自身の苦しい立場だ。受難者アダムと同じく、土くれに命を宿した者であるこの怪物は望んで生まれてきたわけではない。その最も底辺にあり、最も原始的な創造物はゴーレムや命を与えられた木の人形である。最も高尚なのは、みずからをすばらしい傑作と自画自賛するハムレット、自分は夢のなかに生きているのではないかと思うセヒスムンドである。この苦悩、この恍惚はどちらも怪物の恐ろしい顔にあらわれている。私たちは映画でよく知っている。たとえばグレタ・ガルボの顔のように、まちがいなく私たちの時代のアイコンである顔。見る者の心をざわつかせるほど古典的な目鼻立ちをした彼女の顔は、ダンテが形容するベアトリーチェの顔——「人の魂が憧れてやまない輝く顔」——である。それは私たち自身の内にあるものの反映であり、西洋人には魂の美しさと超越した叡智を意味する(『クリスチナ女王』の忘れがたい幕切れのシーンをどう演じたらいいかとガルボに訊かれたルーベン・マムーリアン監督は「なにも考えるな」と答えたという)。この空白は観客のために用意されたものであり、そのなかで私たちは自分を見失う)。怪物の顔はそれと対をなすものだ。影の部分、私たちのなかに潜む人間未満の自分、いつか曇った鏡のなかに浮かびあがるのではないかと恐れる顔——ドリアン・グレイの肖像に描かれた顔、ハイド氏の邪悪な顔。ガルボの顔が神々しいまでに空虚だとしたら、この怪物の顔は悪魔のように表情豊かだ。ふつうの人なら隠しておきたい縫合の痕がはっきりと見える。それは(ガルボの顔が「善良」ではないのと同じく)「邪悪」ではないが、(ガルボの顔が清らかであるのと同じく)忌まわしいものではある。メイクアップ・アーティストのジャック・ピアースによる独創的な技術のおかげで、その顔は他のどんな人型モンスターをも凌駕する。それは、顔がどうあるべきかを知りながら、それをうまく保つことができない者が夢想した顔である。誤った顔、あまりにも大きくて近くで見たら恐怖に震えざるをえない顔、（チェスタトンの言葉によれば）「大きすぎてそもそも顔に見えない」顔である。それは顔として完璧な失敗作であり、神の似姿として聖書に描かれている顔を匿名のまま嘲るようなものである。ボリス・カーロフがこの怪物を演じたとき、クレジットのその場所には名前の代わりに疑問符があった。

ヴィクター・フランケンシュタイン博士が創り出した怪物は正視できないほど醜い顔をしている（だれも、その産みの親でさえもそれを否定しない）。彼を見た者は震えあがり、恐ろしさのあまり敵意をぶつけてきたので、怪物は自分を守るために反撃する。人から見られないようにするという条件のもとでしか、この社会では生きていけない。つまり（バークリーが説明したように）自分自身を否定し、存在しないものになるしかないのだ。怪物が人の暮らしについて知ることができたのは、彼を家に迎え入れてくれた世捨て人の老人が盲目だったからである。世界の歴史についてヴォルネーの『諸帝国の滅亡』で学ぶことができたのは、窓の外に怪物がひそんでいるとは夢にも思わずにスイスの若者がこの大著を音読するのを聞いたからだ。人に見つかると問答無用で、狙い定めた獲物のように追いかけられる。この怪物は典型的な犠牲者である。なんの罪もないのに非難され、痛い目に遭わされて、ついには暴力でやり返すはめに陥る。犠牲者の例にもれず、彼も自分がなぜ嫌われるのか知りたい。この世に生まれてきたのは、彼の責任ではない。そのことは、エピグラフに引用されたミルトン『失楽園』の一節からも明らかだ。「創造主よ、土くれからわたしを人のかたちにつくってくれと頼んだことがあったか？　暗黒からわたしを起こしてくれとお願いしたことがあったか？」野心をもった狂人、軽はずみな発明者の手で生み出されたものとして、この怪物はアダムと――つまり私たち人間すべてと——同じ、つらい運命を分けあう。それでも、そんな苦しみのなかでさえ、彼は死にたくない。創り手に向かって彼はこう語る。「生きることは苦しみの連続だとしても、おれにはいとおしい。おれは生きたい。かつてのおれは情けがあり、善良だった。惨めさがおれを悪魔にしたのだ。おれを幸せにしてくれ。そうすれば、おれはまた情けをもつことができる」。

怪物はフランケンシュタイン博士に取引をもちかける。自分と同じような姿の伴侶を創ってくれたら、二人で南アメリカの荒野に去って二度と戻ってこない、と（南米在住の読者への注記。哀れな怪物よ！　南米の国々のどこで、この怪物が幸せに暮らせるだろうか？　ピノチェトのチリ？　将軍たちのアルゼンチン？　マドゥロのベネズエラ？　ボルソナロのブラジル？）。ジェイムズ・ホエール監督のハリウッド映画『フランケンシュタインの花嫁』に登場する豊かな縮れ毛のウィッグをつけたエルザ・ランチェスターは理想的な伴侶に思えるが、シェリーの小説では、博士は憤然としてこの申し出を拒否する。こうして怪物は北欧の各地で長くつらい逃避行をたどったあげく、ついに北極の彼方をめざし、カナダの氷原に姿を消す。シェリーはなにもいっていないが、最終的な目的地はこの怪物にうってつけである。なぜなら、空想の世界地図において、カナダには広大な空白があり、そこには人間の夢と希望と悪夢を書き入れる余地がたっぷりあるからだ。

使徒ヤコブは「ヤコブの手紙」（一章二十三節—二十四節）で、神の御言葉を聞くだけで行動が伴わない者を、鏡で自分を見てもその姿を覚えていられない人のようだという。「鏡に映った自分の姿を眺めても、立ち去ると、それがどのようであったか、すぐに忘れてしまいます」。たくさんの人間を継ぎ合わせて作られたフランケンシュタインの怪物は、少なくともある部分にかぎれば、私たちの鏡だといえる。私たちはそこに見たくない顔、思い出したくない顔を見る。だからこそ、私たちは彼を恐れるのかもしれない。

沙悟浄

仲間とたどる旅の物語は、冒険譚のなかでもとくに愛されるものである。目的地がどこであれ、そこに至る道の途中に思いがけない寄り道が待っているからだろう。オズの国に向かって歩くドロシーと仲間たち、ブレーメンの音楽隊、ジャック・ケルアックと旅の道連れ、三銃士、ルイス・ラムーアの幌馬車隊などが西洋社会ではよく知られた例である。しかし中国でまちがいなく最も人気があり、愛された冒険物語は、仏教の経典を求めてインドへ向かう賢明な僧（この経典はインドでは「三蔵」として知られ、そこからこの僧は三蔵法師と呼ばれる）とその供を務める英雄三人の旅行記である。旅の途中、三人の英雄は三蔵法師をさまざまな悪鬼や魔物たちから守る。魔物たちは徳の高い僧の肉を食らえば不死になれると信じているのだ。三蔵法師はお供の三人に魔物たちを近づけるようにといろう。「人の命を救うのは、七重の仏塔を建てるよりよいこと」だからである。こうしてこの旅の一行は次から次へと途方もない事件に巻きこまれ、物語はますます奇想天外になっていって、読者はページをめくるたびに次はどんな龍、どんな神々、どんな魔物が飛び出してくるかとわくわくする。そし

てその期待は裏切られない。

三蔵法師（呉承恩によるこの小説はヨーロッパにおいては*Tripitaka*『三蔵』というタイトルで知られる）のお供をする三人のうち、最も有名なのは猿である。名前は孫悟空（悟空＝「空なることを知る」）で、この猿が真理を悟ったことから三蔵法師が命名した。悟空の誕生は驚くべきものである。花果山の頂上にあった、天と地の結合によってできた石の卵から生まれたのだ（そのため、この小説は『石の物語』と呼ばれることもあり、またの名を『西遊記』という）。悟空はトリックスター的な英雄で、その目標は純粋にスピリチュアルなものである。冥界の十王が悟空を分類しようと名簿を調べることになったが無理だとわかる。麒麟《きりん》の仲間には思えず、動物の範疇にも入らない。鳳凰の仲間でもないから鳥にも分類できない。結局、「魂」という字の一千三百五十号に悟空の名が見つかり、三百四十二年の寿命をもつ「天産の石猴《いしざる》」だと判明する。この結論を悟空は受け入れない。なぜなら、作者の呉承恩によれば、悟空の願いは「ひたすら仏・仙・聖の道をたずね、不老長生の術をもとめること」だったからだ。悟空は仙桃を食べてその願いをかなえる。

悟空は身を守る魔法の道具をいくつかもっている。自在に伸び縮みし、針のように小さくすれば耳のなかに隠しておける如意棒《にょい》。龍王からせしめた、敵の武器をかわせる黄金の鎖よろい。どんな病も治す魔法の万能薬が入った三つの壺。悟空は空を飛ぶこともでき、驚くべき「觔斗雲《きんと》」に乗ってもんどりうてば——まるで「長靴をはいた猫」のようだ——十万八千里を行くことができる。旅が終わったとき、悟空は三蔵法師とともに望みどおり仏となる。

猿のほかには豚の妖怪がいる。名前を猪八戒（「八つの戒めを守る豚」の意）という。半分人で半分豚という醜い姿で、怠け者の大食漢、ひまさえあれば美女たちを追いかけ回す。このような性質では取経の旅の清廉さを保つことはむずかしく、あほんだらとののしられることもたびたびである。悟空と出会う前、猪八戒は天の川の水軍の総督として八万の軍勢を率いていたが、つまらぬいたずらのせいで高い地位を失った。なかでも最悪の行ないは、天上で神々が宴を開いていたさなか、女神の嫦《じょう》娥《が》に懸想し、酒の勢いにまかせて口説こうとしたことである。女神が天界の支配者である玉皇大帝に訴えた結果、猪八戒は人間界に落とされ、そこで悟空に出会って仲間に加えてもらうのだった。

旅の仲間の三人目、最も謎めいた存在が沙悟浄である。「砂にて清浄の悟りを開いた者」を意味し、猪八戒と同様、かつては天上の住人で、錬金術にすぐれ、玉帝に仕え、その住まいである霊霄殿《れいしょうでん》で御簾を守る役目を負っていた。彼の犯した罪は猪八戒ほど重くはなかったが、天上の則によれば同程度の罰に値した。蟠桃会《ばんとうえ》のおりに、誤って西王母の玻璃の器を落として割ってしまったのだ。そのため、妖怪の姿に変えられ、猪八戒と同じく下界に落とされた。下界では流砂河《るさが》（ここから名前がついた）の底に棲み、川の対岸へ渡ろうとする旅人を襲うようになった。悟空はこの妖怪を打ち負かし、三蔵の取経の旅に加わるよう説く。

沙悟浄の武器は、無数の珠をつらねた宝杖と、十八通りの姿に変身でき、水中ではほぼ無敵であることだ。漠然と恐怖を感じさせるということ以外、この物語で描かれる沙悟浄の姿はあいまいである。礼儀正しく、思いやりがあり、理性的で、主人には忠実に仕え、一行が出くわすトラブルには論理的な解決をもたらす。旅の途中で一行が出会った王侯はこういう。「易経にも書いてあるとおり、謎が解明され、この世の理が明らかになれば、人はなにを追求し、なにを避けるべきかがわかるだろう」。

そのとおりかもしれないが、仲間たちに進む道を指し示すのは——控えめに、だがこのうえない率直さをもって——沙悟浄なのである。

沙悟浄は頼りになる助っ人を思い起こさせる。たとえば、『オズの魔法使い』のブリキの木こりや『ピノッキオ』のコオロギである。ただし、彼らの努力の報いとして、ブリキの木こりは「絹でできた、おがくずの詰まった心臓」しか得られず、コオロギにいたっては気分を害した人形が壁に投げつけた金槌で潰される。だが、沙悟浄は旅の終わりに、それまでの労に報いて金身羅漢《こんしんらかん》——最高の悟りを得た聖者——の地位を得る。こうして沙悟浄は尊敬される高位の聖者となるが、これにたいして猪八戒はより低い地位の浄壇使者《じょうだんししゃ》にとどまり、未来永劫、あらゆる仏壇の供物を浄める（食い尽くす）役割を与えられる。

十六世紀以来、読者は三蔵法師を守る三人の旅の仲間の破天荒な冒険物語を楽しんできた。だが、批評家たちはこの物語に別種の属性を求め、『天路歴程』のような現世の道をたどる人びとの寓話として、または『トム・ソーヤーの冒険』のような風変わりかつ原始的な教養小説として、あるいは『審判』のような政府の官僚主義にたいする辛辣な諷刺として読もうとした。『西遊記』の最初の英訳者アーサー・ウェイリーによれば、呉承恩の同時代人にとって、天界のヒエラルキーはこの世の政府の在り方をなぞったようなものだった。ウェイリーは書いている。「天界とは、官僚制をそっくりそのまま最高天に移したものにすぎない」。

それでも、今日の読者は呉承恩の描く冒険にあふれた世界を、不条理な悪夢に満ちたカフカの暗い世界と同じものとは思わないだろう。官僚政治にたいする諷刺だとすれば、それは実存主義的なものである。私たちの存在そのものが上から押しつけられた規則や規制の支配下にある。その法則を私たちは理解できないが、それでも従わざるをえない。沙悟浄の仲間たちは軍隊もどきの戦術を用いて妖怪や悪魔や王侯たちを退ける。しかし、沙悟浄自身は合理的かつ倫理的な対応こそが生き延びるための最良の戦略となるという信念のもとに解決策を提示する。道徳にこだわるわけではないが、心から正しいと思えるものは断固として譲らない。沙悟浄の世界観によれば（ドン・キホーテのそれと同じく）、一見正しそうな道がじつは悪への道かもしれず、悪につながるように見えるものがじつは正しく適切な道かもしれないのだ。

「まっすぐなものをまっすぐだと信じぬ者は、善の邪悪さから身を守らねばならぬ」と沙悟浄はいう。

ヨナ

旧約聖書には、大声でわめいたり苦言を呈したり叫んだりする預言者がやたらと登場するが、そのなかでもヨナほど奇妙な預言者はいない。ふつうの人びとは彼の存在に苛立ちを感じるという。そしてヨナは不運をもたらす人間の代名詞として死後の名声をかちえた。そうなったのはヨナが十九世紀の言葉でいう「芸術家気質」の持ち主だったからではないだろうか。ヨナはアーティストだった。

ヨナの物語が書かれたのはおそらく紀元前四世紀か五世紀頃だったと思われる。ヨナ書は聖書のなかでもとくに短い——そして内容も奇妙だ。その物語によると、ニネヴェの都の悪徳が天まで聞こえてきたため、神は預言者ヨナにそこへ行って警告を与えよと命じた。だが、ヨナはそれを拒否した。警告の声を聞いてニネヴェの人びとは悔い改めるだろう、そうなったら神は彼らを赦し、ニネヴェの人びとは当然受けるはずの罰を免れることになると思ったからである。神の命令から逃れるため、ヨ

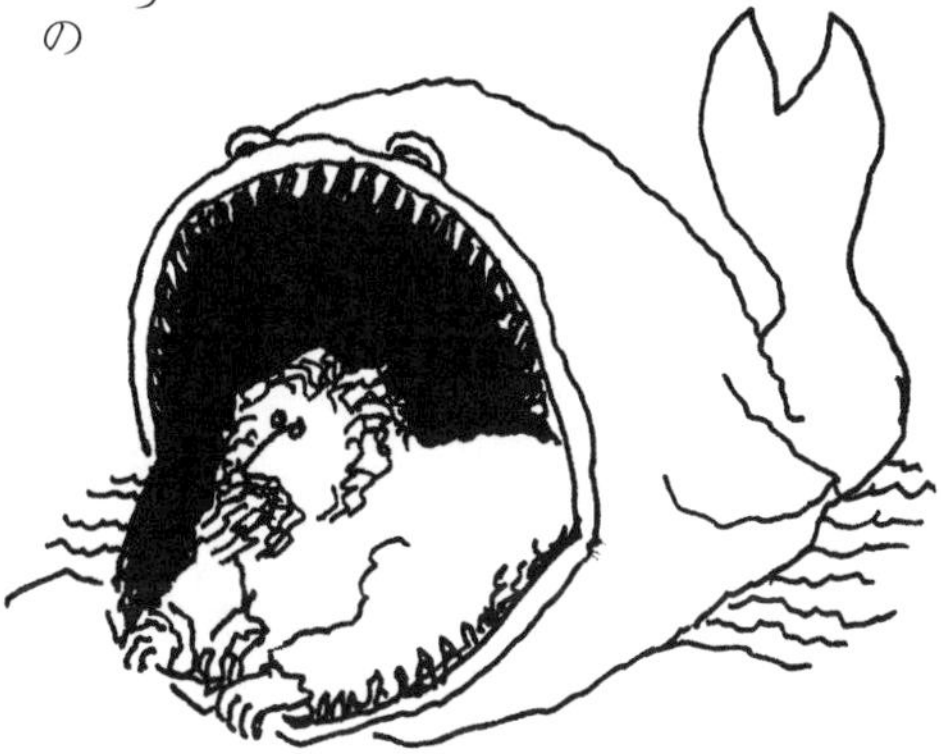

ナはタルシシュ行きの船に乗った。激しい嵐に遭って、船乗りたちは絶望の呻き声をあげた。この天候の急変が自分のせいだとなぜか知っていたヨナは、自分を海に投げこめば波は鎮まるといった。船乗りたちがそのとおりにすると、嵐はやみ、ヨナは神自身によって差し向けられた巨大な魚に呑みこまれた。魚の腹のなかでヨナは三日三晩過ごした。四日目に神はその巨大な魚に命じてヨナを陸地に吐き出させた。そして、もう一度ニネヴェへ行って人びとに語りかけるよう命じた。神の意志には逆らえないと知ったヨナはそのとおりにした。ニネヴェの王はヨナの警告に耳を傾け、すぐに悔い改めたので、都は滅ぼされずにすんだ。

だが、神に怒りを覚えたヨナは、ニネヴェの東の砂漠へ行って粗末な小屋を建て、そこに坐って、悔い改めたニネヴェの者がどうなるかを見届けることにした。神は小屋のまわりにとうごまの木を生やしてヨナを日差しから守った。ヨナは神の思いやりに感謝したが、翌朝起きてみると、神はその木を枯らした。日差しに焼かれ、風に吹きさらされたヨナはあまりの暑さに気を失いそうになり、神に向かって、死んだほうがましだと訴えた。すると、神はヨナにこういった。「私がとうごまの木を枯らしたといっておまえは怒る。それなのに、ニネヴェの住民すべてを滅ぼせとおまえはいう。この一本の木さえ惜しむとしたら、右も左もわきまえぬ人びとと多くの家畜をどうして惜しまずにいられようか?」この答えのない問いかけとともにヨナ書は終わっている。

ところで、ヨナがニネヴェの都へ神の言葉を伝えに行くことを拒否したのにはどんな理由があったのだろう? ニネヴェの人びとが悔い改め、その結果として赦されるとわかっているから神の命令に従わない。そんな屁理屈を筋の通ったものだと思うのはアーティストだけだ。ヨナも承知のとおり

（もっとも、ヨナ書にそんな記述はないが）、ニネヴェの社会は芸術家にたいして二通りの態度のうち、どちらかの態度をとっていた。芸術家の作品を非難し、その社会の罪とされる悪のすべてを芸術家のせいにして責め立てる。あるいは、芸術家の作品を金に換算し、きれいな額に入れて、心地よい装飾品として扱い、社会に順応させようとする。どちらにしても、そんな状況では芸術家が生きていけないことをヨナは知っていた。

非難されるか装飾に堕すかの選択を迫られたら、ヨナはたぶん前者を選んだはずである。多くの芸術家と同様、ヨナが心から望んだのは聴衆の無関心を刺激し、奮い立たせ、漠然と意識されてはいるがまだ謎に包まれたままのなにかを目覚めさせること、夜は安らかな夢の妨げとなり、起きている時間はつねにつきまとうことだった。どんな状況にあってもけっして望まないのは人びとの改悛である。聴衆はあっさりと自分にいいきかせる。「すべては許され、忘れられた。過去は埋めてしまおう。さまざまな不正や不適切な賞罰、教育や健康保険の予算削減、不公平な税制や失業、何百万もの人びとを破産に追いこんだ財政政策についてはもうなにもいうまい。搾取する者と搾取される人びとに握手をさせ、次の輝かしい金儲けの時代に踏み出そう」——否、これこそヨナがけっして望まないことだった。ナディン・ゴーディマー——ヨナはその名前を聞いたこともなかったが——によれば、物書きにとって忌避すべき運命は、腐敗した社会でちっとも嫌われないことである。ヨナはそんな破滅的な運命に陥りたくなかった。

なにより、ヨナはニネヴェで政治家と芸術家の戦いが続行中であることを知っていた。それを見るにつけ、ヨナは芸術家の努力（技能の習得に必要な努力以上のもの）など、結局のところむなしいものだと思わずにいられなかった。どんな努力も政治の領域に引きずりこまれてしまうからだ。自分なりの芸術をたゆまず追いかけてきたニネヴェの芸術家は官僚や銀行家との小競り合いにたちまち疲れ果ててしまった。王家の書記や金貸しとの戦いをあきらめなかった少数の英雄たちは膨大な時間を費やしたあげく、自分の芸術を犠牲にし、心の健康を損なうはめになった。委員会や公聴会に呼ばれた一日のあとでは、アトリエにこもったり、粘土板に向かったりするのはむずかしかった。ニネヴェの役人たちはもちろんこれを利用した。彼らの最も有効な戦術は引き延ばしだった。合意を遅らせ、助成金の行方をなかなか決めず、契約を渋り、面会の約束を先送りにし、言を左右にして明確な返事を出さない。長く待たせれば芸術家の怒りなど、そのうち消えてなくなると役人たちはいう。さもなければ、どういうわけか、その怒りは創造的なエネルギーに変わる。芸術家は陳情の場から去って、詩を書いたり、美術作品をつくったり、ダンスを創作したりする。それらの作品は政治家や私企業にとって少しばかり危険なものでもある。ところがじっさいには、財界の人びとがよく知っているとおり、たいていの場合、芸術的な怒りは市場で売れる商品になる。ニネヴェの人びとは口々にいった。「考えてもみよ、生前、絵具はおろか、食べ物さえ満足に買えなかった画家の作品をいまいくらで買っているか。救貧院で死んだミュージシャンのつくったプロテスト・ソングは、いま国民の祝祭日に広告バナーのもとでうたわれている」。そして、訳知り顔でこう付け加える。「芸術家には死後の名声だけで十分だ」。

しかし、ニネヴェの政治家にとって大きな勝利は、芸術家にみずからを否定するような作品をつくらせたことだった。ニネヴェでは、富むことが都全体の目標だという考えが深くしみこんでいたため、富を生まない芸術は追求するに足るものとは見なされず、芸術家自身が世間の風潮に合わせようとしはじめた。こうして、費用効率のよいものをめざし、失敗に眉をひそめ、特別待遇を要求し、公平を求める声を抑えるような法律に賛同するようになった。なにより、裕福で地位の高い人びとの意にかなうようなものをつくりはじめた。画家たちは目に快いものを求められ、作曲家は口ずさみやすい曲をつくり、作家は深刻すぎる内容を書かなくなり、やがてだれもが人を不快にさせたり攻撃的だと思われたりする作品をつくらなくなった。

長い時間が経過するうちに、あるとき、役人たちが油断していたほんの一時期、心のやわらかい、あるいは頭のやわらかいニネヴェの王たちによって、芸術関連の活動に多額の資金が与えられた。その後、より実直な役人がこれらの見過ごされていた予算上の過払いを修正し、多額の助成金が減額された。もちろん、芸術支援にかんする政府の態度の変化に気づく役人は多くはなかっただろう。こうして、ニネヴェの財政担当事務官は芸術に与えられる予算をほとんどゼロまで減らすことができた。同時に、公式記録のなかでそのような予算の増額を喧伝することは忘れなかった。これはニネヴェの詩人たちのやり方を踏襲したものだった（政治家は詩人たちのやり方を喜んで拝借したが、それを考え出した当の詩人たちのことは見下していた）。たとえば、詩人たちがなにかをあらわすのに別のものをもってくる換喩《かんゆ》の技術（たとえば、王冠で国王をあらわす）は、助成を受けた芸術家の素材購入費の予算を削減するために用いられた。いまや、すべての画家は、なにが必要かにかかわらず、都から一律にネズミの毛の四号筆を支給されることになった。というのも、配布係の役人の解釈によって、「筆」が「画家の用具一式」に置き換えられたからである。詩作で最もよく使われる隠喩は、これらすご腕の財政担当事務官の手にかかって絶大な効果を発揮した。有名な例では、金貨一万ディナールという予算が高位の芸術家の住居用にとっておかれた。公共輸送に使われたラクダを「仮の住居」と解釈することによって、財政担当事務官はラクダの飼育費（ニネヴェの都が責任を負っていた）を芸術家の住居用予算の一部にくりこむことができた。じっさい、高位の芸術家たちは場所を移動するとき、助成金を受けたラクダを用いていたのである。

ニネヴェの人びとはこういった。「真の芸術家は不平などもたないはずだ。本当に優れた才能の持ち主なら、社会の状況がどうであれ、金を稼げる。それ以外の、いわゆる実験芸術家や自分を甘やかす輩、先駆者と称する者たちはわずかな金さえ稼げず、そんな自分を棚に上げて泣き言を漏らすのだ。利益を得る方法を知らない銀行家は同じように負け犬となる。ものごとをてきぱきと処理できない役人は職を失う。これは生存競争という法則だ。ニネヴェは未来に目を向ける社会である」。

そのとおり。ニネヴェではほんのひと握りの芸術家（と、多くの偽芸術家）が豊かな生活を送っていた。ニネヴェの社会は自分たちが消費できる商品をつくる少数の人間には報酬を与えた。彼らが認めようとしなかったのは、いうまでもなくその他大勢の芸術家だった。彼らの試み、そのきらめきと挫折があればこそ、少数の成功者が生まれるというのに。ニネヴェの社会は、自分たちがすぐに好きになれる、あるいは楽に理解できるもの以外はなにも支援したくなかった。それでも、これら大多数の芸術家は歩みを止めず、なにがあろうと作品をつくりつづけた。というのも、そうせざるをえなかったからだ。聖霊が夜ごと彼らを創作に向かわせたからである。彼らは可能なかぎりの手段を使って、書き、描き、作曲し、踊った。「世間の労働者はみなそうしている」とニネヴェの人びとはいった。

ヨナはこのようなニネヴェの考え方を初めて知ったとき、預言者としての勇気を奮いおこし、ニネヴェの広場に立って群衆にこう語りかけたという。「芸術家は世間一般の労働者とはちがう。芸術家は現実と取り組む。内面および外面の現実を意味のあるシンボルへと変える。金をあつかう人びとがシンボルをどうにかしようとしても、その裏にはなにもない。こう考えればよい。ニネヴェにいる何千人もの株式仲買人にとって現実、つまりこの現実世界は気まぐれに乱高下する数字でしかなく、その数字が彼らの想像力のなかで富に変わるだけだ――富は彼らの想像のうちにしかない。ファンタジー作家であれ、バーチャルリアリティの分野のアーティストであれ、株式仲買人のあいだに蔓延しているような完全な虚構への信頼を受け手の心に植えつけることができるとはとても考えられない。シンボルとしての一角獣でさえ一瞬たりとも現実として受け入れようとしない成人男女が、税金でラクダを養うことにはなんら疑問を抱かず、そのラクダが自分たちの幸福と安全を守ってくれると信じている」。ヨナがここまで語ったとき、聴衆はすでに去って、ニネヴェの広場は閑散としていた。

こうしたことのすべてが理由となって、ヨナはニネヴェと神から逃れようと心に決め、タルシシュ行きの船に飛び乗った。ヨナを乗せた船の乗組員はみなニネヴェに近い港町ヤッファの出身だった。周知のとおり、ニネヴェは欲望にとりつかれた社会だった。芸術家ならだれもが抱く創作意欲のような野心ではなく、ただ金儲けのための金儲けという不毛な衝動に駆られていたのだ。一方のヤッファは、何十年も前から預言者に大きな自由を認めてきた町だった。ヤッファの人びとは毎年、ぼろをまとった髭面の男たちや、着衣を乱し、気のふれたような目つきをした女たちが流れこむのを、ある程度の同情心をもって大目に見てきた。というのも、彼らの存在はヤッファをただで宣伝する機会になったからだ。よその都市へ旅する預言者たちは、ヤッファのことを好意的に話してくれるはずだった。さらに、預言者がどっと流入する季節には、ヤッファにも風変わりで面白い訪問客がやってきた。宿屋や隊商宿の主人は、宿と食事を求める大勢の客に文句をいわなかった。

だが、いざニネヴェが不況に陥り、その影響が小さなヤッファの町にまで波及すると、商売は停滞し、ヤッファの金持ちは豪華な六頭立ての馬車を手放し、高台にあった二つの工場も閉鎖せざるをえなくなった。そうなると、ヤッファの町に集まってくる芸術家気質の預言者たちも歓迎されなくなった。ヤッファの人びとにとって、豊かだったころには寛容と気まぐれな親切だと思えたものが、いまとなっては罰当たりな浪費でしかなくなった。ヤッファの住民の多くは、一風変わったささやかな安息の地を求めてやってくる芸術家たちの要求を不当なものと感じ、与えられたものがなんであれ、もっと感謝すべきだと思うようになった。宿がどんなに粗末でも泊まれるだけで感謝、創作のために十分な道具が与えられなくても感謝、新しい計画に自分で資金繰りをすることになっても感謝すべきだった。バビロニアから来た客を泊まらせるために部屋を追い出されても、臭い山羊の皮にくるまって星空のもとで寝るのは芸術家にとって名誉なことだとされた。大洪水以前の偉大な預言者や詩人はみなそうしていたのだから、と。

それでも、そんな苦難の時代でさえ、ヤッファの住民は、子供のころからそばにいる見慣れたペットと同じような感覚で預言者に親愛の念を抱きつづけた。そして、不況のさなかでも、なんとかして彼らの面倒を見ようとし、冷淡すぎる態度で彼らの芸術的な感受性を傷つけないようにした。かくして、不意に嵐が起こり、ヤッファからの船が大波に揺さぶられたとき、ヤッファの船乗りたちは不安を感じたものの、船の客である芸術家のヨナを責める前にしばらく迷ったのだった。極端な手段は取りたくなかったので、彼らはまず、空と海を統《す》べるとされていた自分たちの神々に祈った——だが、目に見える変化はなかった。それどころか、嵐はますます激しくなった。ヤッファの神々はあたかも他に考えることがあり、船乗りたちの泣き言をわずらわしく思っているかのようだった。そこで船乗りたちはヨナに相談することにした（ヨナは船倉にいて、嵐のさなかに眠りこけていた。芸術家のやりそうなことである）。ヨナを起こし、どうしたらよいかと聞いた。ヨナが芸術家らしい矜持とともに、この嵐は自分のせいだといっても、船乗りたちは彼を海に放りこむことに躊躇した。ほんとうにこの貧相な芸術家がこんな大嵐を引き起こしたのだろうか？　たったひとりの無力な預言者が、濃いワイン色をした深い海をこれほど怒らせることができるのか？　だが、嵐がさらに荒れ狂い、帆柱のあいだを過ぎる風が吠え声をあげ、甲板がきしみ、大波を受けた側板が悲鳴をあげるようになって、ついに船乗りたちも、ヤッファにいたころに祖母の膝の上で聞かされたニネヴェの古い言い伝えを思い出した。芸術家などというものは往々にして、たかり屋である。ヨナやその仲間は一日中詩作にふけってさんざん愚痴や恨みごとを並べるかと思うと、罪のないささやかな悪癖にたいして脅迫的なことをいう。欲望が原動力となっている社会が、なぜ富の蓄積に直接寄与しない連中を支えなければならないのか？　こうして、船乗りのひとりが仲間たちにいった。これは船をあやつる自分たちの腕が悪いのではない。ヨナが自分のせいだといっているのだから、その言葉を信じて、災厄のもとであるこの男を海に放りこもう。ヨナは抵抗しなかった。それどころか、自分からそうしろといった。

ここで、ヨナが考えなおし、船または船になぞらえられる国家がいくつかの賢明な預言を船の底荷《バラスト》として受け入れれば安定を保つことができると論じたとしても、これまでずっとニネヴェの政治家たちになじんできた船乗りたちは芸術家の警告などに耳を貸さなかっただろう。自由な、そして実入りの多い通商ができる土地を求めて、世界中の海を乗り越えてきた船乗りたちは、芸術家がなにをいおうと、またなにをしようと、そんなたわごとよりも金の重みのほうがずっと確実な底荷になることを知っていた。

ヨナを船から放り出すと、海はふたたび穏やかになり、船乗りたちはひざまずいてヨナの神に感謝を捧げた。大揺れする船に乗っているのは不愉快なものだし、ヨナを海中に投じたとたん揺れがおさまったので、船乗りたちはこの嵐がヨナのせいだったと納得し、自分たちのしたことはまちがっていなかったと思って安心した。もちろん船乗りたちには古典の教養などなく、深い洞察力もなかった。そうでなければ、社会から排除されている芸術家がかつては尊敬をかちえていた（そして何世紀かのちにはふたたび名声を得る）ということを知っていたはずである。彼らが知っていたのは、古代からの衝動、人間が築くどんな社会の基礎にもある欲求だった。社会の安定を揺るがし、社会の土台をくつがえそうとする目障りな存在を排除したいという気持ちである。プラトンにとって、そもそも真の芸術家とは政治家だった。正義と美という神聖なモデルにそって国家を築く人びとである。一方で、作家や画家というふつうの芸術家は、そのような価値のある現実について思いめぐらすことをせず、たんに幻想を紡ぎ出すだけであり、それは若者の教育にはそぐわなかった。

国家に奉仕する芸術だけが有用だとするこうした考え方は、何代にもわたるさまざまな政府に支持されてきた。皇帝アウグストゥスが詩人のオウィディウスを追放したのは、この詩人の書くものに潜む危険を察知したからである。教会が芸術家を忌み嫌うのは、そのせいで信徒の気持ちが教義から逸らされるからだ。ルネサンスの時代、芸術家は高級娼婦のように売り買いされた。そして十八世紀、十九世紀になると、芸術家は（少なくとも大衆の想像力のなかでは）屋根裏で貧乏暮らしをして、憂鬱と疲弊のなかで死んでいく哀れな存在となった。フローベールの『紋切型辞典』を見ると、芸術家にたいする十九世紀ブルジョワの考え方がわかる。「芸術家——すべてが道化師。無私無欲な態度が賞賛される。ふつうの人と同じような服装をしていることが意外に思われる。たとえ金をたくさん稼いでも、残らず使い果たす。ときたま上流家庭に招待される。女性芸術家は例外なく身持ちが悪い」。

さて、海中に投じられたヨナは巨大な魚に呑みこまれた。暗くやわらかな魚の腹のなかで過ごすのはそれほど悪いものではない。その三日三晩、消化しきれていないプランクトンやエビがたてる物音に慰められながら、ヨナには考える時間がたっぷりあった。芸術家にはめったに得られない贅沢な時間である。魚の腹のなかには締切もなく、食料品店の請求書もなく、洗わなければならないおしめもなく、食事の支度もしなくてすみ、ソネットを完成させる正しい単語を見つけたとたんに邪魔してくるうるさい家族もいない。頭を下げなければならない銀行員もいないし、かみついてくる批評家もいない。そんなわけで、その三日三晩、ヨナはひたすら考え、祈り、眠り、夢を見た。そして目覚めたとき、魚に吐き出されて陸地にいることに気づいた。またしても、神の声がしつこくせきたてた。「さあ、ニネヴェの都へ行って、務めを果たすのだ。彼らがどう反応するかは問題ではない。芸術家には聴衆が必要だ。結果はおまえの作品次第だ」。

今度はヨナも主のいいつけを守った。魚の暗い腹のなかで、自分の技能の重要さに多少の自信をもったヨナは、ニネヴェの都でそれを示そうという気持ちになった。だが、ヨナが説教を始めたとたん、まだほんの数語しか語っていないというのに、ニネヴェの王はひざまずいて悔悛の念をあらわした。ニネヴェの住民は衣を引き裂き、悔い改めた。ニネヴェの家畜さえもいっせいに鳴き声をあげ、同じく悔悛の態度を示した。こうして、ニネヴェの王と住民と家畜はそろって粗布をまとい、灰を顔に塗りつけ、たがいに過去のことは過去のことだといい交わし、天にいる神に向かって悔悛の覚悟を叫んだ。そのような恥も外聞もない悔い改めの態度を見て、神はニネヴェの住民と家畜を滅ぼすという脅しをひっこめた。当然ながら、ヨナは激怒した。「アナキストの」魂とでもいうべきものがヨナの心に呼び起こされ、彼は不満を胸に抱えたまま、赦免されたニネヴェの都から少し離れた砂漠に出かけた。

先にも述べたとおり、神は不毛の土地に植物を生やして、ヨナを熱気から守った。神のこの慈悲深い行ないにヨナは感謝したが、そのあと神はその植物を枯らして塵に返らせ、ヨナはふたたび焼けつくような日差しにさらされた。この植物の一件がヨナに神の善意をわからせるためのものだったのか確信はもてない。ヨナには、ニネヴェの国立芸術基金が最初は助成金を与えるといいながらその後取り消したこととの寓意に思えたかもしれない。その結果、ヨナは日よけもなしで、真昼の日差しに焼かれることになった。苦難の時代——貧乏人はさらに貧しくなり、金持ちは優遇税制のおかげで現状を維持するような時代——にあっては、神も芸術のことなど考えるひまがないということをヨナははっきり理解した。みずからも創造者である神がヨナの苦境になんらかの共感をもっていたことはたしかだ。たとえば、食べることへの心配なしに自分の考えに没頭したい。「ニネヴェ・タイムズ」のベストセラーリストに自分の説教が載ってほしいが、かといって安っぽい駄作やお涙ちょうだいの本の著者といっしょにされたくはない。鋭い言葉で聴衆の心に刺激を与えたい。それも、服従ではなく、革命へと駆り立てたい。ニネヴェの都がみずからの魂を深く顧みて、その強さと叡智を理解するようになってほしい。銀行家のデスクにピラミッドの墓のように毎日積み上げられる硬貨の山ではなく、画家の作品、詩人の言葉、預言者の先見的な怒りのなかに生命を感じてほしい。預言者の務めは船を揺らしつづけ、市民たちの目を覚まさせることなのだ。こうしたすべてを神は理解した。同様に、神はヨナの怒りも理解した。なぜなら、神自身が自分の僕《しもべ》たる芸術家からなにも学ばないはずはないからである。

神は石から水を湧き出させ、ニネヴェの住民を悔い改めさせたが、結局、人びとに考えさせることはできなかった。考えることができない家畜は憐れんでやればいい。だが、同じ創造者として、また芸術家同士としてヨナに語りかけるとき、神聖な皮肉をこめて「右も左もわきまえぬ」と呼ぶ人びとにたいして、神はどうすればよかったのだろう？

この問いかけにヨナはうなずいて沈黙を守った。

人形のエミリア

もしかすると、国を定義するのは、その国の児童書で最も愛される登場人物なのかもしれない。イギリスなら、ばかげた社会のばかげたルールや偏見をたえず突きつけられるアリス、イタリアなら「ほんとうの人間の子供」になりたいと願う反抗的で愉快なことが大好きなピノッキオ、スイスは良い子のハイジ、カナダは気配りができる知的なサバイバーというべき赤毛のアン。アメリカはたぶんドロシーに自分の姿を投影するだろう。ついにエメラルドの都に到着したドロシーは、その美しい色彩がむりやり住民にかけさせた緑の色付き眼鏡のおかげであり、また魔法使いの支配がペテンそのもので、人びとが欲しいと思うものを与えることで成り立っていると知ってがっかりせざるをえない。「ペテン師になるしかないじゃないか」と、物語の半ばを過ぎて偉大な魔法使いのオズはいう。「できっこないと誰だってわかってることを、こいつらみんな、わたしにやらせようとするんだから」。

それでいうなら、ブラジルをあらわすのは人形のエミリアだろう。ブラジルの農村地域のどこかにある「黄色いキツツキ農園」に住む黒人の料理人ナスタシアおばさんに命を吹きこまれた、さまざま

な布切れでできたパッチワークの人形である。ブラジル以外の国では、そして他の南米諸国でも、人形のエミリアとナスタシアおばさんをはじめとする牧場の仲間たちはあまり知られていない。だが、ブラジル国内では二十世紀初頭の作家ホセ・ベント・レナート・モンテイロ・ロバトによる連作童話のおかげで不滅の存在となっている。

「黄色いキツツキ農園」はベンタおばさんの持ち物で、おばさんはそこに二人の孫、男の子のペドリーニョと女の子のルシアとともに住んでいる。ルシアは上を向いた小さな鼻のせいでナリジーニョ（「小さな鼻」の意）とも呼ばれる。この農場で、子供たちと祖母は架空の（それほど非現実的ではない）登場人物に命を吹きこむ。そのなかには、トウモロコシの穂軸でできた賢い操り人形のサブゴーザ子爵、悪臭を出すパイプをもつ一本足の妖怪少年サッシ・ペレレ、その他、口をきくさまざまな動物がいる。また、夜に子供たちの夢のなかにあらわれて怖がらせるお化けのクッカもいる。

ナリジーニョのいちばんのお気に入りは人形のエミリアで、エミリアが隣の席に坐らないかぎり食事をとらない。謎めいた医師のカラムージョ先生（「カタツムリ」の意）にもらった丸薬のおかげで、エミリアはしゃべることができる。初めてしゃべった言葉は、口に残った丸薬がヒキガエルの皮みたいにひどい味だという文句だった。それ以来、エミリアは批判的な意見、皮肉たっぷりの警句、アナーキーな発想、独立心に富んだ態度を披露しつづけ、湧き立つような言葉の宇宙を出現させる。それは、ときとしてパンパスグラスとヤシの木の世界よりもずっと力強く、真実に近い。

連作のうちの何冊目かでエミリアは、世界を築きあげたもうひとりの傑出した人物、「イギリス人のロビンソン・クルーソー」を真似て回想録を書くことにする。その回想録は伝統的な形式で始まる。

「私は＊＊＊＊年、＊＊＊＊市の貧しいが正直な家族のもとに生まれた」。学識はあるのに簡単に騙されて彼女の代筆者になった子爵が、このアステリスクはほんとうの年齢を隠すためなのかと訊くと、永遠のトラブルメーカーであるエミリアは「いや、将来の詮索好きな歴史家を困らせるためだよ」と答える。執筆中の回想録はどんなものなのかとベンタおばさんに訊かれると、エミリアはこう説明する。「回想録の筆者は自分の死が間近に迫るまで書く。そこで筆をおき、結末は空白のままにしておく。そうして心安らかに死ぬ」。それから、こう付け加える。「でも、私は死なないよ。死んだふりをして、結びの言葉は『こうして、私は死んだ』となるはず」。生まれる前のことを覚えているトリストラム・シャンディと、死んだあとのことを覚えているエミリアは、自伝の技巧における二つの文学的両極である。

不思議な力をもつエミリアは時空を超えて旅ができる。ときにはナリジーニョとペドリーニョもつれて、はるか彼方の惑星や遠い過去へ出かける。どこへ行ってもつねに自分の足跡を残し、ケンタウロス、ヘラクレス、ペリクレスなど、ありとあらゆる不思議な生き物や歴史上の人物を子供たちに紹介する。そんな冒険譚の全部が本当のことなのかと訊かれたエミリアはこう答える。「真実とは、うまく縫い合わされた一種の嘘、だれも疑わない嘘のこと。ただそれだけ」。

モンテイロ・ロバトの没後、批評家はその人種差別を非難し、作中に黒人の登場人物を貶める記述があると指摘して彼の作品を発禁にしようとした（同様に、イギリスではイーニッド・ブライトンの「ゆかいなノディ」シリーズ、日本では『ピノッキオの冒険』が発禁になりかけた）。そのような批判は作者については当たっているかもしれないが、子供たちがその物語からなにを読みとり、大人になってなにを記憶しているかという点を見逃している。「黄色いキツツキ農場」でくりひろげられる冒険は、作者が個人として抱いていたかもしれない偏見をはるかに超えるものとなり、エミリアとその友達は信頼できる仲間になる。うまく縫い合わされた嘘でできたこの世界地図をたどるとき、私たちの旅の道連れとして欠かせない存在にさえなるのだ。

ウェンディゴ

私たちは、どんなものにも影があることをずっと前から知っている。昼には夜があり、目覚めた意識はやがて眠りにつき、公の顔には私的な思いが隠れている。ケベック北部の小さな教会の扉には女性の彫像がある。前から見ると美しい女性だが、後ろにまわると内臓と肋骨のあいだに大量のミミズやウジ虫がうごめいている。

カナダのサン＝モーリス川からオタワ川に至る寒々とした地方を単独で移動するアルゴンキン族の猟師たちは、彼らの恐怖を具体化したような恐ろしい同伴者を夢想した。身のこなしの素早さと声はヒューヒューと鳴る風、氷の心臓は雪、巨大な体は高い木々、傷だらけの顔と不吉な歯がのぞく切れた唇はまだらな霧。だが、なによりおぞましいのは、猟師自身が抱く飢えへの恐怖から、この生き物が人の肉を食らうものとなったことである。

これはウェンディゴ、あるいはウィンディゴ、ウィッタコ、ウィッティッカなどと呼ばれ（三十八通りの綴り方がある）、他の部族にはアチェン、ウェチュゲのような別の呼び名もあった。一七四三

年、貿易商のジェイムズ・アイシャムは「ウィテコ」という単語を記録し、おおざっぱに「悪魔」と翻訳した。初めのうち、ウェンディゴの存在を信じる人びとは、とても言葉ではあらわせない、心臓の凍るような恐怖を多くの年代記に残そうとした。後年になると、記録にはぼんやりした恐怖の象徴としての亡霊だけが残り、こうしてウェンディゴは人類学的な客観性や心理学的な好奇心から研究対象となり、あるいはその氷のような骨格がフィクションの道具として用いられるようになった。たとえば、アルジャーノン・ブラックウッドやオーガスト・ダーレスの作品である。

吸血鬼や狼男のように、ウェンディゴには伝染性があり、人をウェンディゴに変えることができる。ウェンディゴに詳しいカナダの作家ジョン・ロバート・コロンボは、その変容の形にはいくつかの種類があると説明する。「この生き物に噛まれるとまちがいなく感染する。ウェンディゴの夢を見ることもウェンディゴ化を引き起こす。祈禱師やシャーマンも魔力を用いて健康な人を一夜で血に飢えたモンスターに変えられるらしい」。一度感染したら、不幸な犠牲者がその運命から逃れるには死ぬしかない。デイヴィッド・トンプソンの短篇小説「人喰い」には、「ビーバーの罠猟師としてはすぐれているが、ヘラジカ狩りはたいしたことのない」ナハザウェイ、すなわちクリー族のインディアンが「二度ほど耐えがたい飢えに襲われ、子供のひとりを食いかけた」という話がある。その陰惨な衝動は男につきまとい、強い酒で酔ったときはいっそう強まった。そんなとき、男は暗い顔で「俺は人喰いになっちまう」と呟く。すると、仲間は彼の体を縛り上げ、静かにさせるのだった。トンプソンの小説の結末はこうである。「三年後、この陰鬱な状態があまりにも頻繁に起こるようになったので、仲間は危険を感じた。そこで、男を射殺し、亡霊がこの世にとどまらないよう、死体を完全に燃やして灰にした」。

飢えは飢えを生む。とりわけウェンディゴの目を引くのは食欲旺盛な者である。人類学者のダイヤモンド・ジェネスはこういっている。「大食漢のなかでも、バターや脂肪を山ほど食べたり、肉汁をジャガイモに混ぜるのではなく鉢から直接飲んだりするような輩はとりわけウェンディゴになりやすい。だから、子供たちは控えめに食べるようしつけられるのだ」。

このようにウェンディゴは人喰いだが、一方で、もっと謎めいた存在でもある。悪夢のなかで目にするおぞましい自分の姿、ドイツのドッペルゲンガーやスコットランドの生き霊《フェッチ》（死にかけている人びとを「連れ去る《フェッチ》」）のようなものだ。自分そっくりの生き霊と出くわすのは、差し迫った凶運の兆しであり（ただし、ユダヤの伝承では、預言の才能が与えられることの前兆である）、犠牲者は周囲からつまはじきにされる。ウェンディゴのこうした側面は、一八五九年五月に出版されたC・D・シャンリーのバラッド「雪を歩くもの」に描かれている。道に迷った旅人が――ダンテに付き添うウェルギリウスのように――自分の傍らを歩く「陰鬱な人影」に気づくが、「雪の上には足跡が残らない」。この亡霊があまりにも恐ろしいので、旅人の髪は真っ白になり、カワウソの毛皮を捕る罠猟師の一行に救助されたとき、彼に話しかける者はひとりもいなかった。「私を助け起こしたとき、彼らは口をきかなかった／なぜなら、彼らは知っていたからだ。その夜／私が影の猟師を見かけ／その暗い影に生気を奪われたことを」。

ウェンディゴという影のような存在をつくりあげたのは氷に閉ざされた北の世界の白さなのだろうか、それとも雪景色の空白のページに定着したそれ――私たちの心から生まれたというにはあまりに恐ろしい――は私たちの悪夢が生み出した怪物なのだろうか？　アラブの砂漠から蜃気楼が生まれ、アイルランドの緑の丘には妖精レプラコーンがいて、深海に棲む怪物クラーケンは審判のラッパが吹き鳴らされるときにただ一度姿をあらわす。教室の壁に掛けられた地図そのままに、カナダは白くて広大なものを受け入れてきた。それは友好的なカナダというイメージの裏に潜む、あいまいで謎めいた、恐ろしい影である。

ハイジのおじいさん

この世捨て人の生涯について多くを知る人はいないようだ。意地が悪く、不機嫌で、人付き合いが悪いと思われていて、スイス・アルプスの高所にある小屋を訪ねても扉を開けようとしないという噂だ。教会には年末に顔を出すくらいで、ふだんは近づこうともしない。まんなかで一本につながった、やぶのようにびっしりと生えた眉毛ともじゃもじゃのごま塩髭を見て、人びとは神を信じない異教徒だと噂する。年に一度だけ、こぶのある杖を突いて山道を降りてくるところに出くわすと、村人は道を譲る。面と向かって会うのをだれもが怖がっている。人は彼を「アルムのおじさん（山のおじさん）」と呼んでいるが、なぜそう呼ぶのかはだれも知らない。

噂話によると、アルムのおじさんは町の近くの大きな農場の跡取りで、若いころは立派な紳士のように見えたが、酒と賭け事で全財産を失ってしまった。カルヴァン主義者の両親は悲嘆に暮れてこの世を去った。彼自身はしばらく姿をくらまし、だれも消息を知らなかった。何年も経って、成人前の息子トビアスをつれて村に戻ってきた。トビアスは大工になり、物静かなしっかりした大人に成長し

て、やがてアーデルハイトという娘と結婚した。ある日、家を建てる手伝いをしていたトビアスの上に梁が落ちてきて、彼は死んでしまった。アーデルハイトはそのショックから回復することなく、夫が死んだ二、三週間後に世を去った。あとには母親と同じ名前で愛称ハイジという一歳の女の子が残された。村人たちは罪深い生き方をしてきたせいで天罰が下ったのだと噂し、アルムのおじさんは息子を亡くして以来だれとも話さなくなった。アルプスの高地に小屋を建てて移り住むと、『お気に召すまま』のジャックのせりふのように「歯もなく、目もなく、味もなく、なにもなく」、神とその御業のすべてを呪って暮らしてきた。

母方のおばとその娘が赤ん坊を育てたが、娘にフランクフルトでの仕事が決まると、二人はその子を人嫌いの祖父に預けようと考えた。そこはハイジにとって最高の場所だった。おじいさんの山小屋には山羊がいて（白いのは白鳥《シュヴェンリ》、茶色いのは熊《ベルリ》）、自分で場所を選んで用意した干し草のベッドで眠り、絵葉書のような風景のなかで白い花が咲き乱れ、鋭い鳴き声をあげる鷹が棲んでいる。ここでは解放され、好きなようにふるまえると五歳のハイジは知る。のちにフランクフルトへ行儀見習いにつれていかれ、病弱な子供の遊び相手になってからもハイジは自由を行使しようとしつづけ、あとに残してきた人びとの役に立つ方法を探しながら、あとでおじいさんに語るように、ときどきおじいさんの山から離れていることに耐えがたくなり、その悲しみを――「恩知らずになってしまうから」――だれにも打ち明けられずに息が詰まりそうになる。野生児のハイジ（ハックルベリー・フィン、モーグリ、ピーター・パンの同類である）は、ルソーのいう「高貴な野蛮人」の特徴を備えている。生まれつき善良で、親しくなった盲目の歯のないおばあさんに都会のやわらかい白パンを持ち帰ろうとし、だれにでも思いやりを示す。世界はハイジにスイスの象徴を見る。それは甘いチョコレートとタックスヘイヴンの癒しだ。

第一部の終わりのほうでこの不信心者の老人は救われる。「誰も元に戻ることはできない。神さまに忘れられた者は一生そのままなんだ」と呟くと、ハイジはちがうという。「そんなことないよ、おじいさん。だれでも戻ってきていいんだよ」。ハイジに説き伏せられて、祖父は息子を亡くして以来初めて教会に足を踏み入れ、魂の再生を経験する。「そうだね、ハイジ、きょうは自分でもわからないけど、こんなことがあっていいのかと思うくらいにすばらしいことばかりなんだよ。神さまや人と仲良くすることが、こんなにいい気分だなんて！ 神さまはわたしによくしようとして、お前をアルムに送ってくださったんだよ」。背景で教会の鐘がりんごんと鳴り響き、空から天使の合唱が聞こえてきそうだ。独立独行の頑固な老人にしては、ありそうもない結末である。この老人はつねに、髭もじゃの険しい顔の影にいまにも爆発しそうな激しさを秘めている。

ハイジが外交的で人を救う人間だとしたら、不愛想だが最後に救われる祖父とはなにものだろうか？ 空に近い牧歌的な世界で、ヤマアラシのように自分のなかに閉じこもる彼はなにを象徴しているのだろう？

中立主義を掲げ、山に囲まれた小国であるスイスは、ヤマアラシの法則で自衛しているといわれる。つまり、ボールのように丸まって、とげを見せつけるのだ。スイスは過去七世紀にわたって、最大の防御は攻撃ではなく国民に着々と武装させることだという立場をとってきた。スイスはこれまで、世界大戦が勃発し周囲の国々が参戦したときでさえ、国外での戦闘に加わることはなかった。スイスの軍隊はスイスの一般市民で構成される。国民には兵役の義務があり、軍服や武器は登山用のストックや革製の半ズボンといっしょに各家庭で保管されている。いざ侵攻された場合、スイスの国全体が号令一下、巨大な爆発物集積場となり、戦略的に重要なトンネル網が張りめぐらされ、橋は爆破される。スイスと敵対する軍勢にとって、妨害工作とは爆弾を設置することではなく、撤去することである。スイスの非公式の標語が「三銃士」のせりふ、「ひとりはみんなのために、みんなはひとりのために」であるのは皮肉といわざるをえない。

ジョン・ラスキンは、彼が「感傷的虚偽」と呼ぶもの、つまり人間の感情を風景に託すことを嫌悪して、こう論じた。「感情をものともせずに正しく知覚する」人にとっては、この世の事物、たとえば桜草を目にするとき、「それの周囲に群がる連想や熱情がなんであれ、その素朴な葉のついたありのままの姿」で見えるはずだ、と。しかし、それでも――意に反してハイジを育てることになった祖父、一見孤高のようでありながら内面の深いところではつねに爆発しそうな情熱を抱え、「許可なき侵入者は射殺する」と警告を発している山男を、彼の住む山国と同一視するのはまちがいだろうか?

かしこいエルゼ

おとぎ話は現実世界の邪悪さや恐怖について多くのことをひそかに説明してくれる。人はもともと疑り深いものだから、おとぎ話に嘘や願望や幻想の意味をもたせるが、たんなる不信よりも深いなにかが、呪いを回避しようとしたあげく百年の眠りについたり、おばあさんのベッドのなかに悪者が牙をむいて待ち構えていたりするかもしれないことを忘れるなと私たちに告げている。

「かしこいエルゼ」は、「ほんとうにかしこい」ことを証明すれば結婚してもよいと両親にいわれた娘の話である。エルゼの花婿候補ハンスを招いた食事の席で、エルゼは地下室へビールを取りに行く。地下室の天井を見上げると、頭の真上の梁につるはしが刺さっている。そこでエルゼは考える。「あたしがハンスといっしょになる。すると子供が生まれる。やがてその子が大きくなる。そこで子供を地下室にビールを取りに行かせる。するとあのつるはしが子供の頭へ落ちてきて、子供をうち殺す！」恐慌を来たしたエルゼは泣きだす。そのころ、両親はエルゼがなかなか戻ってこないので心配になり、女中にようすを見に行かせる。エルゼが女中に心配事を話すと、女中も嘆き悲しみ、いっし

ょになって泣きだす。次に下男が女中のようすを見に行き、それからエルゼの母親、そして父親が地下室に行って、全員がいつか生まれてくる子供の哀れな運命を思って涙にくれる。最後にハンスが地下室の一家に加わって子供の話を聞き、エルゼが「ほんとうにかしこい」とわかったから、結婚することにしようという。ビールのことはすっかり忘れられている。

人はみな、あるとき地下の穴倉に呼びこまれ、いまにも起こりそうなことを目にし、まだ起きていない悲劇を嘆くが、そこにいない子供の命をいつか脅かすかもしれないつるはしを取り除こうとはしない。腐敗や強欲、暴力への渇望から生じる状況をまじめに憂慮することと、だれも責任をとろうとしない悲惨な運命がすぐそこに迫っているという偽りの危機感に怯えることは別の話である。不幸な出来事はこれまでじっさいに起きてきたし、いまも毎日毎晩のように起こっているが、それはある日の午後、上から落ちてきて私たちの命を奪うかもしれないつるはしのせいではない。むしろそれは、善悪の判断がつかない大勢の人びとが招いた結果である。「神々は病んでいる」と、第二次世界大戦の終結から十年後にカール・グスタフ・ユングは書いた。「ゼウスはもはやオリュンポスを支配せず、むしろ太陽神経叢を支配している。そして、みぞおちの不調によるもろもろの奇妙な症例を医師の診察室で訴えたり、無意識のうちに精神のはやり病を蔓延させる政治家やジャーナリストの脳を混乱させたりしている」。

拡散される「フェイクニュース」や陰謀論のせいで日々引き起こされる恐慌状態は、権力の座にある人びとにとってきわめて利用価値がある。なぜなら、その恐怖を利用して、平時であればけっして許されないような措置を講じ、法令を発することができるからだ。夕方のニュースで先行き不安な状況が報じられると、世間のエルゼたちはこう問いかける。「政治経済学者はなぜこの事態を予測できなかったのか?」そして政治経済学者たちに、希望的観測にもとづく強引な宣言を出すよう要求する。ジョン・ラスキンは『この最後の者にも』でこう書いている。「医学が魔術と区別され、天文学が占星術と区別されたように、偽りの経済学と区別されるべき真の経済学という学問は、生命に導くようなものを望み、かつ働くこと、また破壊に導くようなものを軽蔑し、破棄することを国民に教えるような学問である」。欺瞞だらけのこの世界で、騙されやすい読者が心に刻むべきは、聖パウロの「不可能ゆえに我は信じる」という言葉ではないだろうか。フィクションを愛読する人びとにふさわしい言葉はウミガメモドキのせりふにある。「ぼくは聞いたことがないけど。でも、すっごく意味がなさそうだね」。

エルゼのように、形ばかりの「かしこさ」にこだわりつづけたらどうなるだろう? 健全な思考を放棄し、まともな判断ができない洗脳状態に身を任せ、支離滅裂な政治家の放言や陰謀論を真に受けていたらどうなるだろう? もはや自分の考えをもった個人として行動することができず、自分がなにものなのかもわからなくなる。

このおとぎ話の結末はある種の警告に思える。エルゼと結婚したあと、ハンスは畑の麦を刈っておいてくれといって出かける。しかし、かしこいエルゼは先に食べて、それから昼寝をすることにした。帰ってきたハンスが妻のようすを見に行くと、エルゼは麦を刈っていない畑のまんなかで眠りこけている。妻をこらしめようと、ハンスは小さな鈴がいくつもついた鳥を捕る網をエルゼにかぶせ、そのまま家に帰る。エルゼが目を覚ますと、あたりはすっかり暗くなっていた。身動きするたびに鈴が鳴るので、エルゼは自分がだれなのかわからなくなる。混乱したエルゼは家に帰り、窓を叩く。「エルゼはなかにいる?」「ああ」と無情な夫は答える。「なかにいるよ」。それを聞いたエルゼはぎょっとしていう。「まあどうしよう。そんならあたしは違うんだ」。そう叫ぶと、名前も自分自身もなくしたエルゼは走って村から出ていった。それっきりだれもエルゼを見ていない。

のっぽのジョン・シルヴァー

『宝島』の誕生をめぐる逸話はよく知られている。一方、物語に出てくる最も有名な海賊については、それほど知られていない。ロバート・ルイス・スティーヴンソンとその家族は、カリフォルニア滞在で疲れきったあと、一八八〇年七月にイギリスへ戻った。スティーヴンソンの両親は息子の体調が思わしくないのを案じて、スコットランドのブリーマー村で静養してはどうかと勧めた。スティーヴンソンと妻の連れ子である十三歳のロイド・オズボーンはその少し前から文学的な共同作業に取り組んでいた。スティーヴンソンはこの義理の息子におもちゃの印刷機をプレゼントしていたが、そのころ発足したばかりの出版社にせっつかれて書いた詩的な連作「道徳的な寓意」に著者自身の手になる木版画を添え、家族のための少部数限定版としてその機械で印刷したのである。

ブリーマー村で、ロイドは自分の部屋の壁に自作のスケッチをいくつか飾っていたが、スティーヴンソンはその装飾に自分で彩色した架空の島の地図を足してやった。この地図にまつわる物語があるはずだと見抜いたロイドの頼みに負けて、スティーヴンソンは海賊たちと埋もれた宝の物語を語りは

じめた。たったひとりの聞き手から要求されたのはただひとつ、女の人を登場させないことだった。話は最初から調子よく進んだので、スティーヴンソンはそれを書き留めることにした。毎晩、その日の仕事を終えたあと、書いたものをロイドに読んで聞かせた。やがて聴衆がひとり増えたが、それはスティーヴンソンの父親だった。老いた父と少年はくりひろげられる冒険に夢中で耳を傾けた。それまでスティーヴンソンが書いてきたのは短篇小説、詩、エッセイなどで、長篇小説は書いたことがなかった。いまや魔法のようにその機会が訪れた。

若いころに罹患した肺結核にずっと悩まされてきたスティーヴンソンは、十六章まで書き終えたところで体調の悪さにもうこれ以上つづけられないと思った。だが、児童向けの雑誌「週刊少年」からこの作品を『船の料理番』という題名で何回かに分けて掲載したいという申し出があり、どうにか書きつづけようと決意した。このときスティーヴンソンは三十一歳で、一家の唯一の稼ぎ手だった。

スティーヴンソンにもっとよい空気を吸わせるため、一家はスイスのダヴォスへ移った。その地で彼は元気を取り戻し、仕事に戻ることができた。肺を酷使しないよう昼まで横になっているようにといわれたスティーヴンソンはベッドに坐ったまま章を書き継いでゆき、夕方になると、体力を持ちなおしたおかげで、家族に読み聞かせることができた。最後の章が雑誌に掲載されたあと、スティーヴンソンはタイトルを『宝島』と変えることにした。

この作品には忘れがたい登場人物が何人かいる。海賊の歌をうたい、宣告された死を辛抱強く待つビリー・ボーンズ船長。荒々しい身振りにもまして獰猛な声の持ち主である厭わしい盲目のピュー。人を見た目で簡単に信じてしまう上品な郷士トリローニ。隠された宝に惹かれる厳格な医師リヴジー先生。島に置き去りにされて気が狂いかけているベン・ガン。自分と仲間の命を危険にさらしてまで冒険のスリルを求めずにいられない語り手のジム・ホーキンズ少年。だが、のっぽのジョン・シルヴァーほど強烈な人物は他にいない。一本脚の船乗りで、飼っているオウムは生意気な口調でしつこく「八レアル銀貨！」と叫ぶ。この本の三分の一が過ぎたあたりで、人を疑わないトリローニによって、シルヴァーは船の料理番として雇われる。郷士と医師はともにシルヴァーのことを「正直者」と評し、その人となりは世界のどこでも硬さと清廉さを意味する名前のとおりだという。この本では終始、「正直な」という形容詞が読者への皮肉な警告として反響する。

シルヴァーは胡散臭く、とらえどころがなく、頭の回転が速く、なれなれしいくせに正体不明な人物である。彼を生き生きと描き出すためにスティーヴンソンは友人のウィリアム・アーネスト・ヘンリーをヒントにした。ヘンリーは文学者で、書き手である以上にすぐれた読者だった。子供のころから結核性関節炎に苦しみ、そのせいで片足を切断せざるをえなかった。回復期を過ごしていた病院でスティーヴンソンと知り合い、親友となった。二人はいくつかの戯曲を共作したが、当然の結果というべきか、いまではすっかり忘れられている。作家として名を成したとはいえないにしても、編集者としての彼は博識でリスクを恐れない胆力があり、キプリング、ヘンリー・ジェイムズ、H・G・ウェルズの作品を初めて世に出した出版人でもあった。スティーヴンソンはヘンリーに宛てた一八八三年の手紙で、こう打ち明けている。「体の一部を失ったにもかかわらず、頑強で傲岸なきみの姿を見て、のっぽのジョン・シルヴァーが生まれた……片足を失った男が大声で命令し、人をこき使うところは、完全にきみを参考にさせてもらった」。しかし、この海賊兼料理番を連想させるところはそれだけではなかったはずだ。ヘンリーのとらえどころのない性格、知力、切断された足、大げさな身のこなし、途方もない野心といったものは、まるでこの海賊を暗い鏡に映した姿そのままだ。

のっぽのジョン・シルヴァーの人間性を伝える場面が二つある。ひとつは船員トムを殺害するシーン、もうひとつはシルヴァーがジム少年に取引をもちかけるところである。反乱が始まると告げられたとき、忠実なトムは羨ましそうにこういう。「シルヴァー、おめえは年をとっているし、正直な人間だ。とにかくそういう評判だ。船乗りといえばたいがい貧乏なんだが、おめえには金もある。それに勇敢だしな。おれはそう信じてるよ。それなのに、おめえはあんなくず野郎どもの仲間入りをしようっていうのか。考えられねえよ」。そのあと、自分の勘違いに気づき、シルヴァーその人が反乱を企てたと知ったトムは逃げようとするが、ジョンは木の枝につかまって、自分の松葉杖をトムの背中めがけて投げつける（スティーヴンソンがこの場面を思いついたのは、友人のヘンリーとオスカー・ワイルドの衝突について話を聞いたからかもしれない。ロンドンの劇場から出てきた二人はなにかについて激しく口論していた。別れ際、ワイルドがふりかえってとどめのひとことを口にすると、ヘンリーはワイルドの頭めがけて自分の杖を投げつけた）。シルヴァーがトムに松葉杖を投げつけるや、トムは地面に倒れ、シルヴァーはすばやくナイフを突き刺して息の根を止める。残酷にも、スティーヴンソンはこの犯行——暴力に彩られた長い人生でシルヴァーが手を下した多くの悪行のひとつ——がなされたあとも世界はなにも変わらないということを私たち読者に知らしめる。この恐ろしい場面を目撃したジムは、こんな悪辣な方法で人の命が奪われたあとも太陽が静かにあたりを照らしているということが信じられない。

もうひとつの場面では、ジムはもはや目撃者にとどまらず物語の主役となる。シルヴァーはたがいに助け合おうではないかとジムに取引をもちかける。シルヴァーがジムを反逆者から守るから、ジムはのちに判事の前で証人となってシルヴァーを絞首台から救ってくれというのである。そしてシルヴァーはジムにいう。「ああ、おめえは若いよな。おめえとおれが組めば、でっかい仕事ができたかもしれねえんだぜ」。海賊暮らしへの誘惑は明らかだ。シルヴァーの言葉には、ありえたかもしれない生き方が影を落としている。少年は社会のルールに従う文明人の生き方と、血の呼び声のままに生きる冒険者の生き方を隔てるか細い境界線を知る。

最後の瞬間、ジムはこの老いた海賊の味方につき、約束を守る。リヴジー先生にやめろといわれても、少年はシルヴァーを見捨てない。正確になにがあったのか読者にはわからないまま、シルヴァーは混乱状態にあったこの少年を「正直者の」若者へと成長させていた。郷士のトリローニが忠実な部下の遺体をイギリス国旗で包んだとき、スモーレット船長はこういう。「教会の教えと異なるところがあるかもしれませんが、事実はこのとおりです」。

文学作品の法則にしたがって、この冒険の終幕近く、シルヴァーは「たき火の光がほとんどあたらぬ場所にさがっていたが、十分に食べ、なにか用事があればすぐに役に立とうとしており、わたしたちの笑い声にくわわって自分も微笑さえした——航海に出発したころとまったく同じで、おだやかで礼儀正しく、つつましげな船乗り」だった。最後のページで、ジムは物語のおもな登場人物がその後どうなったかを語り、シルヴァー自身からはなんの音沙汰もないという。もしかすると年老いた黒人の妻と再会して、オウムもいっしょに安楽な暮らしを送っているのかもしれない。ジムはこう語る。

「むしろそうであることを願っている。なぜなら、かれがあの世で安楽に暮らせる見込みはまったくないからだ」。裏切者で、盗人で、人殺しでありながら、同時に善良で正直な男であるこの悪名高い海賊に、読者は居心地の悪い愛着を抱く。

カラギョズとハジワット

ドン・キホーテとサンチョ・パンサ、シャーロック・ホームズとワトソンなど、二人組でしか考えられない登場人物がいる。だがじっさいにはそんな彼らもひとりずつ別の人間として存在する。初期のころの冒険で、ドン・キホーテは勇敢にもひとりだった。初期の、あるいは後期の事件で、シャーロック・ホームズは忠実な友である医師の頼りない助けなしで探偵業をこなす。一方で、けっして離れない二人組もいる。双子のカストールとポルックス（カストールは夫殺しのクリュタイムネストラと、ポルックスは美女ヘレネーとそれぞれ双子でもある）、ヴィルヘルム・ブッシュの絵本に登場するいたずら小僧のマックスとモーリッツ、ヘンゼルとグレーテル、トウィードルディーとトウィードルダム――彼らはつねに一対としてあらわれる。この分かちがたい組み合わせのなかに、トルコ版パンチとジュディというべきコンビがいる。「近しい敵同士」こと、カラ

ギョズとハジワットである。

伝承によれば、カラギョズとハジワットは、強大な権力をもつスルタンにみずからの窮状を訴えようとした貧しい農夫の手で生み出された。ハムレットと同じく、この農夫は言葉よりも視覚に訴えるほうが効果的だと考えた。そして、ラクダの皮を切りぬいてつくった二人組の影絵人形に、腐敗した宮廷の官吏が民衆をいかに搾取しているかという物語を演じさせた。この影絵芝居を楽しんだスルタンは農夫を大宰相にとりたて、告発された官吏たちを厳しく罰したという。また別の話によると、カラギョズとハジワットはブルサのモスク建設現場で働いていたが、わざといたずらをしかけて仲間の労働者の邪魔をし、そのためモスクの工事はいっこうに進まなかった。怒ったスルタンは二人を処刑するよう命じた。その見事な道化ぶりを偲んで、処刑された二人は影絵人形劇の主人公として永遠の命を得たという。

一部の学者の見解によれば、カラギョズは人間の体の下半分——食べ、屁を放ち、性交する——をあらわし、ハジワットのほうは上半分——賢い頭脳と気難しい心——をあらわすという。人体の二つの部分がそうであるように、カラギョズとハジワットはおたがいを補完する。それどころか、二人は社会階層の両極端に属する。カラギョズ（この名前は「黒い目」を意味する）は、サンチョと同様、読み書きのできない庶民であり、いうことは機知に富み、わかりやすい。ハジワットのほうは教養があり、控えめで礼儀正しいが、ずるがしこく、利己的で、つねに一攫千金のプランを企てながら、それらが失敗することは目に見えている。ハジワットはオスマン帝国の公用語であるオスマン・トルコ語を話し、古典の詩を口ずさみ、ドン・キホーテがサンチョにするように、カラギョズを教養ある人間にしようとする。だが、ひたむきな騎士と同様、ハジワットはけっして成功しない。

人類が伝える物語のなかには早くから対となる登場人物が見られる。四千年以上前に成立したギルガメシュ叙事詩では、暴君ギルガメシュが野人エンキドゥに教えられて臣民の窮状に気づき、よりよい為政者になる。一方、エンキドゥは神殿娼婦のシャムハトと七夜を過ごしたあと、衣服を与えられ、ギルガメシュから文明のしきたりを教えられるが、これによって、彼に本来備わっていた自然界の知識の多くが失われた。そのかわり二人の男は恋人同士になる。カラギョズとハジワットは恋人同士ではないが、二人にはそれぞれ別の世界があって、そこに緊張があるという点は同じだ。古いものと新しいもの、肉欲と知性、生きている肉体と創意に富んだ魂。

ハジワットとカラギョズのまわりには、トルコ社会の多文化を網羅するかのような風変わりな登場人物が大勢いて、二人のもつ特異性との対比となっている。間抜けのデンヨ、アイドゥン出身でいじめっ子から弱い者を守る優しいエフェ、アヘン常用者のティルヤキ、小人のアルテュ・カリシュ・ベルヒ、酔っ払いのテュズスズ・デリ・ベキル、けちのジヴァン、尻軽女のカンリ・ニガールに加え、トルコ語がしゃべれないアラブ人の物乞い、黒人の女中、チェルケス人の奴隷の少女、偉そうなアルバニア人の警備員、ギリシャ人の医師、アルメニア人の両替商、ユダヤ人の宝石商、アゼリ語訛りで詩を朗読するペルシャ人など、名前のない人物もいる。この舞台では中東に住むさまざまな人びとが行列をなして通り過ぎる。

カラギョズとハジワットの冒険は伝統的なパターンをなぞる。どの芝居も「ムカッディメ」すなわちプロローグから始まり、ハジワットがタンバリンの音に合わせてうたい、短い祈りを捧げ、それから観客に向かって友人のカラギョズを探しているところだという。二人は出会い、議論を交わし、喧嘩をし、結局のところ、どちらも勝たない。どの冒険でも最後の場面では、物語を台無しにしたといってハジワットがカラギョズを責めたて、反省したふうのカラギョズはこう応じる。「我が罪が赦されんことを」。くりかえされるこの結末にはどことなく愉快な真実がある。二人の関係には決着をつける必要がない。架空の人物である彼らの諍いは永遠につづく。人は同じことをくりかえす定めだというニーチェならきっと賛同するだろう。アルベール・カミュにとって、この反復は人生の不条理を反映していたが、同時に、人の努力にたいする一種の諦念まじりの安堵を与えるものでもある。そうだとしたら、失敗つづきにもかかわらず、ハジワットとカラギョズは幸せにちがいない。

トルコの人びとは、この二人組の永遠の不運を自分たち自身の歴史を映すものと見ているのだろうか？　半分は文明化を求め、つねに新しいものを追求するのに、もう半分はオスマン帝国よりもはるか昔にさかのぼる遠い祖先の伝統にあくまでもしがみつこうとする。「歴史とは橋である」と、現代トルコの父アタチュルクは一九三三年の演説で語った。「われわれは自分たちのルーツを掘り下げ、歴史が隔ててきたものを再構築しなければならない。近づいてくるのを待ってはいられない。われわれから手を伸ばすべきなのだ」。

カラギョズとハジワットの歴史についていえば、その動機が気高いものであれ利己的なものであれ、ハジワットは懲りずに何度もカラギョズに手を伸ばし、そのたびに失敗する。手を伸ばしてほしいとカラギョズが思っているかどうかはまた別の問題だ。こうしている間にも二人の冒険はつづいている。

エミール

ルソーは一七六二年に『エミール』を書いた。同じ年に『社会契約論』が出版された。『エミール』は子供のための「社会契約論」だといえるかもしれない。『社会契約論』第一章冒頭の一文にある「人間」を「子供」に置き換えればよい。そうすれば『エミール』の要点がよくわかる。「子供は自由なものとして生まれたが、いたるところで鎖につながれている」。『エミール』は半分は小説、半分は説教という奇妙な寄せ集めの本である。アンドレ・ジッドは読むに堪えないといった。だが、もっと忍耐強い読者にとっては少なくとも一読に値する。従来の教育システムをただ批判するのではなく、新しいものを——普遍的とはいえないが、個々の子供に向けた特別な教育を——提案しているからだ。

ルソーはエミールの教育プランを五段階に設定する。第一段階は、子供の「よい性質」を矯《た》めずに伸ばすため、社会から切り離すこと。第二段階は、いかなる種類の罰や叱責もなしに世界を感覚で楽しませること。第三段階は、素材を扱わせ、実用的なことを学ばせる。第四段階では、性、礼儀、宗

教、倫理といった分野において他者との関係性を育ませる。最後に、第五段階ではその子が親となって、こんどは自分の子供に教育を授けられるよう、人生の伴侶を見つけてやる（エミールの場合は優等生のソフィーである）。ルソーはこの本を「自分で考えることのできる善良な母に向けて書いた」と述べている。イギリスの心理学者D・W・ウィニコットによる「ほどよい母親」の理論を先取りしていたのだろうか。

エミールが父になりソフィーが母になってから何世代かが過ぎた。数百万の新しいエミールたちがこの世で忙しくしているあいだに、社会の状況は大きく変化し、とりわけ子供時代についての私たちの考え方も大いに変わった。もはや子供だというだけで本質的に善良とは見なされず、同じ理由でエミール少年はもう大人の世界での一個人ではない。「人は子供というものを理解していない」とルソーはこの本の「序」に書いたが、この非難は現在も有効である。大人の目から見て、エミール少年は彼ら自身がなれなかったものの失敗作である。私たち大人は当時もいまも、自分たちにない美徳を若者に期待し、自分たちのもつ悪徳とは無縁でいてくれと願う。大人は自分たちの機械にうまく適合する歯車になるよう子供を教育し、子供がおとなしく従うよう訓練する。大人は自分が欲するものだけを見て、子供たちが必要とするものには目もくれない。子供たちに貪欲になれと勧めるが、野心は否定する。狡猾であれとはいうが、知性を育てようとはしない。ルソーの本の第一篇、その冒頭には「万物の製作者の手をはなれるとき、すべては善いのに、人間の手にわたると、すべては悪くなる」と書かれている。「人は犬を、馬を、奴隷をそこなう。すべてをくつがえし、すべてをゆがめる。奇形を好み、怪物を好む。人間はなにものも自然がつくったままであるのを欲せず、人間についてさえもそうだ」。

われらがエミールは今日、見捨てられた郊外の荒れ果てた地区に住んでいる。エミールにとって、住んでいる一帯は鏡のない場所である。彼の身分証明書には出生地が書いてあるが、公的な統計によれば彼は未登録ないし未登録と見なされた人物である――いうまでもなく、それは非ヨーロッパ圏の国から来た者、アメリカやカナダ出身ではないことを意味する。ルソーは植物を用いた喩え話が好きだったので、私たちもそれにならって、われらがエミールは不愉快なまでに目立つ根っこのついた雑草だといおう。

社会の目からすれば、そんな根っこのほかに、エミール自身はこれといったアイデンティティをもたない。世間の想像力のなかで、エミールとその友人たちは個人ではなく、社会問題の実例でしかない。彼らは社会にとって好ましくない両親や祖父母を思い起こさせる存在である――彼らの祖父母や両親も同じく胡散臭い連中ではあったが、少なくとも沈黙を守るだけの慎みがあり、いわれたとおりに生き、そして死んでいった。

教育にとりかかり、「よい性質」を伸ばすために、新しいエミールはまず自分の性質がどんなものであるかを発見しなければいけない。それには基準となるものを見つけることが大事だが、悲しいかな、通常の文化的な環境で彼が得られるものは限られている。商業的なイメージ（金がなければ手に入らないとわかっているもの）が目の前に広げてみせるのは、彼が視聴するラップ・ミュージックのビデオと同様、スポーツカーやフリル付きの下着をつけた女たちといった物質的な楽園である。それは理にかなった教育ではなく、エミールが学校で過ごす日々は広告と電子ゲームに占領され、それらを通じて教えこまれるのは、幸福は金で買うことができ、暴力は解決をもたらさず、古代の家父長制の規範がいまだに通用するということだけだ。この楽園が自分にとって手の届かないものだと知りながら、エミールは高揚したイメージにどうしようもなく惹かれる。そこにはむなしい希望しかない。

エミールを官能的に刺激するのはこのような誘惑だけではない。エミールは民主的な社会に生きているので、これらの楽園を思わせるイメージに加えて、社会が公式にさしだすもの、すなわち公的な機関によって築かれた地元の記念碑的建物もあり、エミールはそのような神殿の祭壇にぬかずくことを求められる。エミールと友人たちが日々を過ごす見苦しく荒れ果てた高いビル群のどこかに、保育園、学校、レクリエーションセンター、教会、モスク、救急診療所、職業紹介所などがある。だが、エミールにとってこれらの施設は自分のためのものとは思えない。自分のために建てられたものらしいが、それは犬小屋が犬のためにつくられるのと同じようなもので、偉い人たちが勝手に世話を焼くための施設であって、エミールはありがたく受け入れるよう強いられる（これと同じ感覚で、バーバラ・ブッシュはニューオーリンズの大災害を生きのびた人びとに向かって、ハリケーン・カトリーナの被害に遭う前よりもよいものを与えられたことに感謝すべきだといった）。だから、自分の存在を知らしめ、現代メディアの吟遊詩人によって不滅の存在となり、テレビの画面に自分の顔を映し出すために、エミールはそれらの神殿を焼き払おうとする。そんな冒瀆行為には喜びと同じくらい怒りがこめられている。俺をクズだというのか？　それなら、クズらしくふるまってやる。

教育論の過程の第三段階として、ルソーはエミールに仕事のやり方を教え、実用的な技術の基礎を身につけさせる。今日、エミールの世界では、仕事――よい仕事――についての定義は一定ではない。

そして、魅力的なものを手に入れる方法は他にもある。個人としての存在が否定される世界では、犯罪が当然の選択肢となる。国際金融をめぐる複雑で大がかりな犯罪ではなく、日常的な、ありふれたこそ泥や売春、ドラッグの売買などである。ジャン・ジュネと同じく、堕落した社会でまっとうさを保つ手段のひとつは法律（どんな場合でも、法律は彼の正当な権利を守ってくれない）を破ることだと、エミールはある程度はっきり自覚している。「人には二種類ある。盗むやつと盗まれるやつだ」とは路上でよく聞くせりふだ。エミールは前者になろうとするが、彼の見たところ、両親は後者から脱することができない。

生活の資をどうやって得るかを学んだあとは、同胞たる市民のあいだでどうふるまうべきかを学ぶ。エミールは自分の住む地域でおのずと学ばざるをえない。とくに彼が黒人なら、警官から容疑者扱いされるだろう。どんな犯罪だろうとお構いなしだ。エミールは最初から犯罪者だときめつけられているので、身を守れる場所を見つけて、そこから敵と称する人びとに立ち向かわなければならない。さしだされる可能性のひとつはよく知られた過激主義、つまりもっとはっきりいえば、彼にとってあいまいにしか理解できない信仰の楽園である。政府はなんとか調停を謀るが、エミールとその仲間にとって、イスラム国の過激派勢力は自分たちを排除する傲慢な社会に対抗する存在だと思える。過激派は彼らに反抗の機会、抗議のための戦略、彼らを無視する社会と決別するための方策を提示する。

エミールはついに大人になる。伴侶のソフィーを見つけ、二人は新しいエミールを得る。二人にとってなにかが変わるだろうか？　じつはなにも変わらない。市民ではなく消費者を生み出そうとする機械のなかに囚われ、あいかわらず支配者面をする堕落した旧弊な人びとの影で生きざるをえない未来のエミールに唯一チャンスがあるとすれば、ニュースにちらっと登場するその他大勢ではなく、変化をもたらす中心人物として、幸福を実現できる人間として、目に見える存在になることだ。それは（ここでもルソーの言葉を借りよう）「自分の足で立つこと」である。「矛盾のない自分自身になることは、まちがいなく真の幸福の状態」だから。

ルソーはこう結論する。「万物がいまのような状態になった以上、生まれたときから他人のあいだにほうりだされて自分しか頼れない人間は、だれよりもゆがんだ人間となるであろう。偏見、権威、必要、実例、私たちが埋没しているあらゆる社会制度は、人間のなかの自然を圧殺し、そのかわりなにものをもあたえないことになろう」。

シンドバッド

二〇〇三年十一月四日、政治亡命を求めるクルド人難民十四人とインドネシア人の船員四人を乗せた小型船がダーウィン島の北八十キロの距離にあるオーストラリア領海内のメルヴィル島の岸に漂着した。このニュースを知り、政治亡命を求めて押し寄せる難民にうんざりしていた当時のオーストラリア首相ジョン・ハワードは思い切った決定を下した。メルヴィル島をオーストラリアの領海から切り離すことにしたのである。こうした対応は目新しいものではなかった。二〇〇一年、オーストラリア政府はすでにクリスマス島を国境の外に追いやり、その荒れはてた砂浜に数百人の不法移民を放置したことがあった。

紀元前五世紀のあるとき、アテネの市民プラトンは理想とする国家の特質を記述するために、アトランティスという架空の島を想定し、そこに想像上の都市国家を築きあげた。この国家は遠い昔に繁栄したが、その後、海中に没したとされている。プラトンのアトランティスを嚆矢とする想像上の地理学はますます成長しつづけ、世界中によく知られた――たとえ実在しなくても――場所を生み出し

てきた。ユートピア、オズの国、シャングリラ、ホグワーツ魔術学校のあるどこか。私たちが住むこの世界は想像力を働かせるにはときとしてあまりにも込み合っているように感じられるので、私たちはたえずどこか別の場所をつくりあげてきた。現実の空間ではないというささいな事実さえ除けば、そこは私たちの悪夢や高邁な野心を実現するためのすばらしい舞台となる。

プラトンが架空の社会を構築できる島を発明したのは、その社会の長所と短所をはっきり見えるようにするためだった。洞窟のなかで初めて焚火をして以来、人類が物語をつくり、その物語の舞台となる場所を想像してきたのもそのためだ。政治家とちがって、物語の語り手は、人が知性で理解する現実と物質的な現実が切り離せないことを知っている。私たちにできるのは、よりよく、またより深く知るために世界を想像しなおすことだけなのだ。『千夜一夜物語』で語られる船乗りシンドバッドの冒険では、陸（物語が語られる場所）と海（物語がくりひろげられる場所）についての考え方を入れ替えることが世界を想像しなおすひとつの手段となっている。

人は「海」という単語を口にした瞬間から「陸」について考えざるをえない。船乗りシンドバッドはもはや陸にいない存在である。彼は岸辺から逃れ、たえず変化する広がりを求める。地図上のその広がりがやむにやまれぬ郷愁をかき立てるのだ。揺るぎない陸の上では、シンドバッドの人生は平和で、同じことの反復から成り、予想がつく。海に出ると真逆になる。不安定な海の上では、すべてが視野のうちにあり、なんでも――想像を越えることさえも――起こりうるし、じっさいに起こる。シンドバッドも知っているとおり、人はみな、避けがたい死を迎えるための準備として未知の世界に挑まなければならない。死は究極の未知の領域だからである。そんなわけで、シンドバッドも船乗りとして果敢な冒険をくりひろげながら、ふたたび塵に返って永遠に陸のものとなる最期の瞬間を迎えるための訓練を重ねる。シンドバッドの冒険を読む私たちは、その最後のページがいままさに近づいていることを察する。なぜなら、この『千夜一夜物語』第五百三十六夜で語られる驚くべき物語の最初のページに戻ると（そこでは、金持ちで貫録のある老いたシンドバッドが自分の人生を語ろうとしている）、その打ち解けてくつろいだ姿から、避けがたい終わりが迫っていることを感じとらずにいられないからだ。

私たちは、シンドバッドが一人ではなく二人いることを忘れがちだ。私たちが知っている英雄シンドバッドは海の冒険者であり、その姿はダグラス・フェアバンクス、その声はエロール・フリンかブラッド・ピットだが、じつはもう一人のシンドバッドがいる。陸のシンドバッド、すなわち荷運び屋のシンドバッドである。シェヘラザードが三十夜にわたって語る話によれば、船乗りシンドバッドは自邸にこの荷運び屋を招き入れる。船乗りシンドバッドが存在するためには、荷運び屋のシンドバッドがそこにいなければならない。この二人が対面して初めて、物語のなかでもうひとつの物語が展開するのだ。

船乗りシンドバッドの七つの航海は、はらはらの連続である。この若い英雄は島だと思って上陸したのが鯨の背中だったので、海中深く沈むことになる（アイルランドの聖ブレンダンも同じような経験をしている）。ロック鳥と名乗る巨大な鳥にさらわれて雲のなかまで運ばれる。彼の先達ともいうべきオデュッセウスと同じように、一つ目の人喰い巨人の群れと戦い、毒蛇を退治する。三蔵法師と同じように、彼の血を飲もうとする恐ろしい亡霊たちとも遭遇する。「海の老人」にとりつかれ、この老いた魔物を背負って運ぶはめになる。海賊にも追われる。海賊たちの行き着く先は、シンドバッド自身の運命と同じく、海の墓場である。しかし、語られる物語を聞く者——陸のシンドバッド——がいなければ、私たちがこれらの冒険について知ることはなかっただろう。

こうして、シンドバッドの長い物語は永遠に終わらない。船乗りシンドバッドは荷運び屋シンドバッドに物語を聞かせる。荷運び屋シンドバッドが聞いている話は賢明なシェヘラザードの声で語られる。シェヘラザードの物語は、一見妹のドニヤザードに聞かせているようだが、ドニヤザードが聞いている話は執念深いシャフリヤール王も聞いている。シェヘラザードの話を聞くシャフリヤール王の姿を『千夜一夜物語』の一話として目撃する私たちは扉の鍵穴に耳を押しつけ、扉の奥の長い廊下に響く古代の声を聞く。

ウェイクフィールド

五歳か六歳のころ、よくこんな空想に耽ったものだった。陸の海賊（どういうわけか彼らは船をもたず、歩いて移動していた）の一味にさらわれ、ハイジのおじいさんの小屋がある場所のような遠くの山奥につれていかれ、そこでありとあらゆるすてきなことを教わるのだ。思うに、人はみな人生のある時点で、いまの生活とはかけ離れた人生を夢見るのではないだろうか。『虹を摑む男』の主人公ウォルター・ミティになれない私たちだからこそ、夢想する人生は現実に過ごす毎日の暮らしよりずっと活力にあふれ、意味のあるものに思える。人間の魂が失われた片割れを探し求めるというプラトン風の神話に共感する人は多いと思う。人は、いまの自分ではない自分になりたいと願ってしまうのだ。

一八一八年に出版されたウィリアム・キング博士なる人物による『彼ら自身の時代の逸話』によれば、ある日ハウという名の紳士がなんの説明もなしに妻のもとを去ったあと、何年も経ってから戻ってきたという。ナサニエル・ホーソーンは、キングが実話だというこのエピソードに目をとめ、この

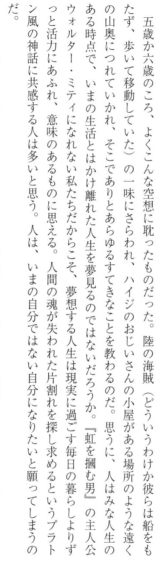

奇妙な冒険者に「ウェイクフィールド」という名前を与えて語りなおした。ホーソーンの短篇小説によれば、ウェイクフィールドは旅に出るふりをして、自宅のすぐそばの通りにある下宿屋に部屋を借り、妻や友人には消息を絶ったきり、「自己追放の理由など微塵も残さぬまま」二十年以上のあいだ静かに孤独な暮らしを送った。その間、夫が致命的な事故に遭ったのだろうと思いこんだウェイクフィールド夫人は「人生の秋の寡婦《やもめ》暮らしに身を委ねてしまって」いた。やがてある日の夕刻、まるで一日だけ留守にしたといった感じで、ウェイクフィールドは自宅の敷居をまたぎ、ホーソーンの言葉によれば「終生、愛情を注ぐ夫になった」のだった。

ホーソーンは、そのときはたいしたことではないように思えた決断のあと、自分の身になにが起こるかも知らずに日常生活から歩み去る前のウェイクフィールドがいかなる類の人間だったかを想像しようと試みる。中年で、夫婦生活は淡々としていて、「穏やかで安定した気持ちに収まっていた」。ウェイクフィールドはじつに堅実な夫である。「ある種の怠惰のせいで、その心がどこへ向けられようともつねに休息状態にあったから」だ。彼の心は長くとりとめのない黙想に浸っていた。友人たちは、ロンドン市民のなかで翌日になっても記憶に残っているようなことを今日という日に最もしなさそうな者はだれかと問われたら、ウェイクフィールドのことを思い浮かべたにちがいない。ただし、彼の妻だけはためらったかもしれない。夫のなかに漠然とした小さな違和感を覚えていたからだ。一種独特の虚栄心、どうでもいいようなことを隠そうとする傾向、ひそかな利己心。ホーソーンは『創作ノート』のひとつにこう書いている。「利己心は愛を呼び起こしやすい性質のひとつである」。

ウェイクフィールドの不可解な決断について思いめぐらしながら、ホーソーンはこう述懐する。

「人間なんぞのとても敵わぬ影響力」というのがあって、私たちの為す行為のひとつひとつをその力強い手が摑み取り、「その結果のすべてを必然という名の織物へと編み上げていく」のだと。十年もの別離のあと、たまたま通りの人混みのなかで妻と再会を果たしたとき、ウェイクフィールドは手放した生活に戻れないことに気づく。その瞬間、ウェイクフィールド夫人はなにかに、あるいはだれかに気づいたかもしれないが、そのまま通り過ぎ、ウェイクフィールドのほうは「己の人生にまつわる惨めな奇妙さの全貌」を瞬時に悟ったにもかかわらず、ただ声をあげるしかないと感じる。「ウェイクフィールド！　ウェイクフィールド！　お前は狂ってしまったのだ！」そのとおりだろう。だが、私たちはそんな説明では納得できない。

　ウェイクフィールドの行為の根底には狂気があるのかもしれないが、その説明では行為の結果にかんするかぎり十分とはいえない。私たちが思いもよらない方向に道を逸れ、定めていた目標とはちがう方向に進んだとき、自分のなかで、そして周囲の環境においてなにが変わるだろう？（ヘンリー・ジェイムズのイメージを借りて）ねじをもう一回転させたとき、世界の在り方にどんな影響があるだろう？　二つに分かれた道を同時にたどることができるとしたら、なにかちがいがあるだろうか？エウリュディケが死んだあと、オルフェウスは冥界の神々に不可能なことを願った。愛する人を生き返らせてほしいといったのだ。神々は彼の願いを聞き入れたが、ひとつだけ条件をつけた――振り向いて妻の姿を見てはいけない、と。だが、それは致命的な難問である。姿を見ずにいるかぎり、エウリュディケはそこにいて、オルフェウスの願いは叶う。だが、振り返ってその姿を見たとたん、彼女は消え去る。そして、その咎を負うべきはオルフェウスである。結局のところ、どちらを選んでもオルフェウスはなにも見ることができない。こうしてオルフェウスは賭けに負け、さまようしかない。

ホーソーンはウェイクフィールドの物語を次のような文章で締めくくる。「一見、混乱状態にあると映る私たちの神秘的な世の中にあって、それぞれの個人は一個の体系のなかへ、それぞれの体系は相互の体系のなかへ、そして最後には、一個の全体のなかへきちんと組み込まれているがゆえに、一瞬でも足場を踏み外してしまうと、永久におのれの収まるべき場所を失ってしまうという、なんとも恐ろしい危険に我が身を晒すことになる。あのウェイクフィールド同様、いわば『宇宙の浮浪者』になってしまうかもしれないのだ」。

ボルヘスによれば、カフカの悲劇的な主人公たちと同じように、ウェイクフィールドがきわだっているのは「彼の破滅の壮大さとあまりにも対照的な、そして復讐の女神に彼を引き渡すことになった要因たる底知れぬ卑小さ」だという。揺るぎなく見える日常にほんのわずかでも亀裂を入れようとするウェイクフィールドの試みは珍しいことではない。ガリヴァーが語る空飛ぶ島ラピュタでの冒険譚のなかには、宮廷に仕える立派な貴婦人が突然、島の平穏な暮らしを捨てて出ていくことにしたという話がある。彼女は王国の首都ラガードに降りていき、身分を隠して数か月を過ごすが、やがて王の命で捜索願いが出される。発見されたとき、彼女は「怪しげな飯屋で襤褸《ぼろ》を着て働いていた。衣装はみな質に入れ、年寄りの畸形の下僕に貢いでいたらしいが、この男、毎日ひにち殴る蹴るなのに、気づくと、というか心ならずもこの男から離れることもならない」。E・L・ドクトロウの同じく「ウェイクフィールド」と題する短篇小説やエドゥアルド・ベルティによる中篇小説『ウェイクフィールドの妻』も、そのようなささやかな反抗の結末がどうなるかを探ろうとしている。どちらも不幸な結末である。

スーフィズム（イスラムの神秘主義）の偉大な詩人であるルーミーはこんな寓話を伝えている（のちにサマセット・モーム、ジャン・コクトー、フランク・オハラがとりあげた）。一人の若者が預言者スライマーンのもとに来ていう。「あなたの都にいたとき、死の天使アズラーイールがやってきて私をじっと見つめました。どうかお願いです。私は死にたくない。遠いところ、インドまで送ってください」。スライマーンはその願いを聞き入れ、風に命じてこの若者をはるばるインドまで運ばせた。その日の午後、スライマーンはアズラーイールを呼び出して訊ねた。「あの若者をじっと見つめて怖がらせたのはなぜだ？　そのせいでインドへ逃がしてくれと頼まれた」。アズラーイールは答えた。「ああ、預言者よ、私があの男をそんなふうに見たのは、神から明日インドへ行ってあの若者の魂を得よと命じられていたからだ。今日、あの男がそこの通りを歩いているのを見て、なぜインドから遠く離れたここにいるんだと不思議に思ったのだ」。

自分が生きなかった人生、たどらなかった道を選ぶことは魅力的に思える。なぜなら、こうしていたら、ああしていたら、ものごとはちがっていたかもしれない、もっと幸福だったかもしれないし、もっと賢く、もっと愛され、もっと尊敬されていたかもしれないと想像してしまうからだ。

でも、きっとそうはならなかった。

謝辞

わが編集者にして読者ジョン・ドナテイッチの鋭い洞察力と熱心な励ましに感謝する。収書部門の責任者ダニエレ・ドルランドの忍耐と援助に感謝する。デザイナーのナンシー・オヴェドヴィッツのすばらしい想像力と気配りに感謝する。例によって、わがエージェントのギジェルモ・スチャベルソンとバーバラ・グレアムの変わらぬ信頼に感謝する。

編集主任のスーザン・レイティには、ティティヴィラス（誤字や事実誤認を筆写室にもたらす悪魔）を寄せつけないよう全力で尽くしてくれたことに特別な感謝を捧げる。この悪魔の名が初めて文献に登場したのは十三世紀後半のフランシスコ会の神学者ヨハンネス・ウェレンシス（ウェールズのヨハンネス）の『改悛論』であり、筆写室で起こる多くの誤りを悪魔のせいにした（スーザンはもちろんこの記述についても真偽を確認するはずだ）。

親しい友人にして熱心な読者であるジリアン・トムは、次々と登場するモンスターを精査し、その爪を研ぎ、髪をくしけずり、よれよれのシャツをきちんと直してくれた。かぎりない感謝を。そしてクレイグに、つねに変わらぬ愛をこめて。

モンスターたちの一部は、異なるヴァージョンで、以前スペイン語で発表されたものである。最初はマドリードのデル・セントロ出版からアントニオ・セギの挿画付き限定版として、その後アリアンサ社から同じくセギの挿画付きで刊行された。

訳者あとがき

本の読み方は人それぞれだが、よい手引きがあれば書物の世界に近づきやすく、深く理解する一助にもなるだろう。本書は *Fabulous Monsters: Dracula, Alice, Superman, and Other Literary Friends* by Alberto Manguel, Yale University Press, 2020 の全訳であり、翻訳にはその電子版を底本とした。すぐれた読み手として定評のあるアルベルト・マングェルが本のなかで出会った愛すべきモンスターたちを紹介するブックガイドである。とはいえ、古今東西の書物について幅広い知識をもちながら、好き嫌いがはっきりしていて、それを口に出すことをためらわない著者による読書案内が一筋縄でいくはずもない。『赤ずきんちゃん』や『眠りの森の美女』といった子供向けの作品が目次にあるからといって、著者は少しも手心を加えず、容赦なく切りこんでゆく。

タイトルにもある想像上のモンスターとは、文学作品に登場して読者の心をとらえ、一生の友となる魅力的なキャラクターを意味する。よく知られた童話の主人公である赤ずきんちゃんの無邪気な行動が「市民的不服従」と定義される。ネモ船長は暴力的なアナキストであり、ハイジのおじいさんは内面に一触即発の爆弾を抱えている。カナダの雪原に広がる空白の虚無のなかで、凍死と飢えに怯える先住民の猟師が恐怖の具現化として作りあげた忌まわしいウェンディゴの物語は、人が生き延びるためにどれほど想像力を必要とするかを教えてくれる。

『イワン・イリイチの死』の主人公のように死の直前になって自分の人生がまちがっていたのではないかと気づいたら？　「オメラスから歩み去る人びと」のように、目の前にある不幸を見ながら自分の暮らしの安定を優先させていないだろうか。ウェイクフィールドのように「宇宙の浮浪者」になろうとしていないか。「眠れる森の美女」のように停滞する眠りのなかに逃避して人生と向きあうことから逃げていないだろうか。この本には思わず背筋が凍るような厳しい問いかけもある。悲哀にあふれ、絶望の淵に沈む登場人物もいる。いまだサタンの試練にさらされながら応答しない神に疑念を抱くヨブ、地獄の業火が待っていると知りつつ石像の冷たい手を取るドン・ファン、フェイクニュースに翻弄される現代人の姿を見るかのような「かしこいエルゼ」、新生児を死なせる呪いをかけつづける原初の女性リリス、伴侶を得られず孤独なまま北極海に歩み去るフランケンシュタイン博士の怪物、ラテンアメリカ文学でおなじみの悪辣な独裁者たち、さらには人里離れたシナゴーグのうす暗い片隅で「死ぬほど疲れた」とつぶやく全能であるはずの神。

年齢を重ね、大病を経験した著者が迫りくる「死」に思いを馳せているようなところも感じられる。世界規模のパンデミックを経験し、鬱に陥りかねない状況は、日本の読者にも他人事ではないだろう。

それでも、破天荒な旅の果てに聖者となる沙悟浄、悪漢なのに無事を祈らずにいられない片脚の海賊ジョン・シルヴァー、波乱万丈の冒険を果敢に駆け抜けるヒッポグリフなど、日々の鬱屈を吹き飛ばし、潑溂たる活力を分けてくれるのも想像上のモンスターたちである。

ハムレットではなくその母の王妃ガートルード、ハックではなく相棒の逃亡奴隷ジム、語り手のホールデンではなく妹のフィービー、エイハブ船長ではなく全身刺青の銛撃ちクィークェグ、『ドン・キホーテ』の真の作者とされる正体不明ながら随所で存在感を放つシデ・ハメーテ・ベネンヘーリなど、主人公ではなく脇役に注目しているのも本書のユニークな点である。

著者アルベルト・マンゲルの経歴を簡単に紹介しておこう。一九四八年三月十三日にブエノスアイレスで生まれ、外交官だった父親の赴任先であるイスラエルのテルアビブで幼少期を過ごし、七歳で故郷のアルゼンチンに戻った。高校生のとき、アルバイト先の書店でボルヘスと知り合い、視力を失いかけていたこの作家に本を読んで聞かせる朗読チームの一員となる。アルゼンチン国立大学に進学したあと一九六八年には退学して軍事政権下の故国をあとにヨーロッパへ渡り、パリ、ロンドン、ミラノ、タヒチなどを転々とし、出版社で働いたり、小説のアンソロジーを編んだり、翻訳や小説の執筆、書評や演劇評を雑誌に寄稿するなどして生計を立てた。一九八〇年にはカナダ国籍を取得し、結婚して三児をもうけるが一九八六年に離婚。その後、現在のパートナーであるクレイグ・スティーヴンソンと生活をともにする。二〇〇〇年にフランス西部のポワトゥー・シャラント地域にあった古い修道院を修復して住み、それまでに集めた大量の本を納めるための図書室を作った経緯は『図書館　愛書家の楽園』にくわしく書かれている。二〇一三年には血栓による脳梗塞を患い、入院・手術を経験した。二〇一五年、アルゼンチン国立図書館の館長——かつてボルヘスもこの地位にあった——に招請され、二〇一六年から二〇一八年まで就任した。二〇二一年からはポルトガルのリスボンに移り住んで、読書を推進するための国際センター開設に尽力し、この施設はエスパソ・アトランティダ（Espaço Atlântida）として二〇二三年に発足した。館長に就任した著者は蔵書を寄贈し、アルベルト・マングェル図書館が誕生した。名誉理事にはマーガレット・アトウッドやエンリケ・ビラ＝マタスの名前もある。たんなる図書館にとどまらず、講演会やワークショップなど、本を愛する世界中の人びとに向けた活動を目指しているという。

本書にとりあげられた物語のなかには、リリスや人形のエミリアなど、日本ではあまりなじみがないものもある。しかしその一方で、驚くことに『九雲夢』、『独裁者バンデラス』、『狂えるオルランド』、『ドン・ファン・テノーリオ』、『さまよえるユダヤ人』、『人の世は夢』など、関連する多くの作品が日本語で読める。異国の言語で書かれたさまざまな本が母語で読めるのは、世界を見渡しても稀有なことであり、とても恵まれていると思う。本書に登場するさまざまな作品を日本に紹介してくれた先人たちの熱意と努力に心から感謝したい。

そればかりか『不思議の国のアリス』、『オズの魔法使い』、『グリム童話』、『白鯨』、『ハックルベリー・フィンの冒険』、『宝島』、『ウェイクフィールド』、シェイクスピア作品などは複数の翻訳が出ていて、ありがたいと同時に、本書を訳出するにあたってはいくつもの版を参照し、どれを採用するか迷うというぜいたくな悩みも生じた。ここでも日本の出版人、研究者、翻訳者のまじめさと勤勉さにあらためて感服した。

引用は既訳を借りると同時に、それらを参照しながら翻訳しなおした箇所もあるが、引用文が著者による英訳という場合もあり（ちなみに著者はユルスナール『東方奇譚』の英訳者である）、もとの作品に見つからないこともあった。たぶん著者独自の解釈による読み解きでもあるのだろう。「同じ本を二度読むことはない」というのは一人の人間が時間をおいて一冊の本を読むことについての言葉だが、一冊の本を複数の人間が読んだとしても同じ本を読んだことにはならないのかもしれない。

翻訳の機会を与えてくれた白水社、今回もていねいにフォローしてくれた編集部の金子ちひろさんに心から感謝します。

二〇二四年八月

野中邦子

訳者略歴
一九五〇年生まれ
多摩美術大学絵画科卒業
主要訳書
R・ヘンライ『アート・スピリット』（国書刊行会）
A・ボーデイン『キッチン・コンフィデンシャル』（土曜社）
A・マンゲル『図書館　愛書家の楽園』『奇想の美術館』『読書礼讃』
H・スパーリング『マティス　知られざる生涯』
E・ウィルソン『ラブ・ゲーム』
F・ジロー『ピカソとの日々』（以上、白水社）
O・ホプキンズ『ザ・ミュージアム』（河出書房新社）
E・ラーソン『万博と殺人鬼』（ハヤカワ文庫）

すてきなモンスター
本のなかで出会った空想の友人たち

二〇二四年　九月一五日　印刷
二〇二四年一〇月一〇日　発行

著者　アルベルト・マンゲル
訳者 © 野《の》中《なか》邦《くに》子《こ》
発行者　岩堀雅己
印刷所　株式会社三陽社
発行所　株式会社白水社
東京都千代田区神田小川町三の二四
電話　営業部〇三（三二九一）七八一一
　　　編集部〇三（三二九一）七八二一
振替　〇〇一九〇-五-三三二二八
郵便番号　一〇一-〇〇五二
www.hakusuisha.co.jp
乱丁・落丁本は、送料小社負担にてお取り替えいたします。

誠製本株式会社

ISBN978-4-560-09131-9

Printed in Japan

出典

以下のリストに記したもの以外、原著における引用文の英訳は著者による。
＊［　］内、邦訳書の追記は訳者による。本書中の引用部分は以下の邦訳を参照し、場合によって用字・用語・表現に変更を加えた。

ムッシュー・ボヴァリー
Gustave Flaubert, *Madame Bovary*［ギュスターヴ・フローベール『ボヴァリー夫人』芳川泰久訳、新潮文庫、2015年］

赤ずきんちゃん
"Little Red Riding Hood," *Grimms' Fairy Tales*, trans. Margaret Hunt, rev. James Stern（London: Routledge and Kegan Paul, 1975）［「赤ずきん」野村泫訳、『完訳グリム童話2』所収、ちくま文庫、2006年］

ドラキュラ
Bram Stoker, *Dracula*［ブラム・ストーカー『吸血鬼ドラキュラ』田内志文訳、角川文庫、2014年］

アリス
Lewis Carroll, *Alice's Adventures in Wonderland* and *Through the Looking-Glass and What Alice Found There*［ルイス・キャロル『不思議の国のアリス』『鏡の国のアリス』矢川澄子訳、新潮文庫、1994年。河合祥一郎訳、角川文庫、2010年］

ファウスト
Christopher Marlowe, *The Tragical History of the Life and Death of Doctor Faustus*; Johann Wolfgang von Goethe, *Faust*, trans. Walter Kaufman（New York: Anchor Books, 1961/1990）, and the original German edition［クリストファー・マーロウ「フォースタス博士の悲劇」平井正穂訳、『筑摩世界文学大系18』所収、筑摩書房、1975年。ヨハン・ヴォルフガング・フォン・ゲーテ『ファウスト』井上正蔵訳、『集英社ギャラリー　世界の文学10　ドイツ』所収、集英社、1991年］

ガートルード

William Shakespeare, *Hamlet* ［ウィリアム・シェイクスピア『ハムレット』小田島雄志訳、白水Uブックス、1983年］

スーパーマン

Jerry Siegel and Joe Shuster, *Superman* (DC comics); George Bernard Shaw, *Man and Superman*; G. K. Chesterton, "How I Found the Superman," in *Alarms and Discursions*; Friedrich Nietzsche, *Thus Spake Zarathustra*, in *A Nietzsche Reader*, trans. R. J. Hollingdale (London: Penguin, 2017) ［『スーパーマン：アクション・コミックス Vol. 1』ヴィレッジ・ブックス、2013年。その他コミックスのシリーズが多数ある。バーナード・ショー「人と超人」喜志哲雄訳、『バーナード・ショー名作集』所収、白水社、2012年。フリードリヒ・ニーチェ『ツァラトゥストラはこう語った』薗田宗人訳、『ニーチェ全集』第Ⅱ期第1巻所収、白水社、1982年］

ドン・フアン

Molière, *Dom Juan, ou Le Festin de pierre* (Don Juan; or, The Stone Guest); Wolfgang Amadeus Mozart and Lorenzo Da Ponte, *Il dissoluto punito, ossia il Don Giovanni* (The Rake Punished, Namely Don Giovanni); Tirso de Molina, *El burlador de Sevilla o el convidado de piedra* (The Trickster of Seville and the Stone Guest); George Gordon, Lord Byron, *Don Juan*; José Zorrilla, *Don Juan Tenorio* ［モリエール『ドン・ジュアン　石像の宴』鈴木力衛訳、岩波文庫、2008年。ヴォルフガング・アマデウス・モーツァルト（作曲）／ロレンツォ・ダ・ポンテ（台本）『ドン・ジョヴァンニ』1787年。ティルソ・デ・モリーナ「セビーリャの色事師と石の招客」佐竹謙一訳、『スペイン中世・黄金世紀文学選集7　バロック演劇名作集』所収、国書刊行会、1994年。G・G・バイロン『ドン・ジュアン』上下、小川和夫訳、冨山房、1993年。ホセ・ソリーリャ『ドン・ファン・テノーリオ』高橋正武訳、岩波文庫、1949年、『ドン・フワン・テノーリオ』（改訳版）岩波文庫、1974年］

リリス

The Book of Legends: Sefer Ha-Aggadah; Legends from the Talmud and Midrash, ed. Hayyim Nahman Bialik and Yehoshua Hana Ravnitzky, trans. William G. Braude (New York: Schocken, 1992); *The Talmud: A Selection*, trans. and ed.

Norman Solomon (London: Penguin, 2009)

さまよえるユダヤ人

Kurze Beschreibung und Erzählung von einem Juden mit Namen Ahasverus (Short Description and Account of a Jew Named Ahasverus, 1602); Eugène Sue, *Le Juif errant* (The Wandering Jew); Carlo Fruttero and Franco Lucentini, *L'amante senza fissa dimora* (The Lover of No Fixed Abode); Jorge Luis Borges, "El Inmortal" (The Immortal) in *El Aleph* (The Aleph) [ウジェーヌ・シュー『さまよえるユダヤ人』上下、小林竜雄訳、角川文庫、1989年。ホルへ・ルイス・ボルヘス『不死の人』土岐恒二訳、白水Uブックス、1996年]

眠れる森の美女

"La Belle au bois dormant" (Sleeping Beauty in the Woods), Charles Perrault, *Contes* (Fairy Tales); "Little Briar Rose," *Grimms' Fairy Tales*, trans. Margaret Hunt, rev. James Stern (London: Routledge and Kegan Paul, 1975) [シャルル・ペロー『眠れる森の美女』村松潔訳、新潮文庫、2016年。「いばら姫」野村泫訳、『完訳グリム童話集3』所収、ちくま文庫、2006年]

フィービー

J. D. Salinger, *The Catcher in the Rye* [J・D・サリンジャー『キャッチャー・イン・ザ・ライ』村上春樹訳、白水社、2006年]

性真

Kim Man-jung, *The Nine Cloud Dream*, trans. Heinz Insu Fenkl (New York: Penguin, 2019) [金萬重『九雲夢』洪相圭訳、『韓国古典文学選集2』所収、高麗書林、1982年]

逃亡奴隷ジム

Mark Twain, *Adventures of Huckleberry Finn* [マーク・トウェイン『ハックルベリー・フィンの冒険』上下、千葉茂樹訳、岩波少年文庫、2018年]

キマイラ

Homer, *The Iliad*, trans. Richmond Lattimore (Chicago: University of Chicago Press, 1951); Hesiod, *Theogony*, trans. Dorothea Wender (Harmondsworth, UK: Penguin, 1986); Robert Graves, *The Greek Myths* (London: Penguin, 1993)

［ホメロス『イリアス』上下、松平千秋訳、岩波文庫、1992年。ヘシオドス『神統記』廣川洋一訳、岩波文庫、1984年。ロバート・グレイヴス『ギリシア神話』高杉一郎訳、紀伊國屋書店、1998年］

ロビンソン・クルーソー

Daniel Defoe, *The Life and Strange Surprizing Adventures of Robinson Crusoe, of York, Mariner*［ダニエル・デフォー『ロビンソン・クルーソー』海保眞夫訳、岩波少年文庫、2004年］

クィークェグ

Herman Melville, *Moby-Dick; or, The Whale*［ハーマン・メルヴィル『白鯨』上中下、八木敏雄訳、岩波文庫、2004年］

独裁者バンデラス

Ramón del Valle-Inclán, *Tyrant Banderas*, trans. Edith Grossman（New York: NYRB Classics, 2012）［バリェ＝インクラン『独裁者ティラノ・バンデラス　灼熱の地の小説』大楠栄三訳、幻戯書房、2020年］

シデ・ハメーテ・ベネンヘーリ

Miguel de Cervantes, *Don Quixote*［セルバンテス『ドン・キホーテ』全6巻、牛島信明訳、岩波文庫、2001年］

ヨブ

Job（Bible）; Moses Maimonides, *Guide of the Perplexed*, 2 vols., trans. Shlomo Pines（Chicago: University of Chicago Press, 1963）［「ヨブ記」、『新共同訳聖書』、日本聖書協会、2007年］

カジモド

Victor Hugo, *Notre-Dame de Paris*（The Hunchback of Notre-Dame）［ヴィクトル・ユゴー『ノートル=ダム・ド・パリ』上下、辻昶・松下和則訳、岩波文庫、2016年］

カソーボン

George Eliot, *Middlemarch: A Study of Provincial Life*［ジョージ・エリオット『ミドルマーチ』全4巻、廣野由美子訳、光文社古典新訳文庫、2019年－

21 年]

サタン

Jubilees (Apocrypha); Dante, *La commedia* (The Divine Comedy); John Milton, *Paradise Lost*; Peter J. Awn, *Satan's Tragedy and Redemption: Iblīs in Sufi Psychology* (Leiden: Brill, 1983) (for Al-Ghazali); Stephen Greenblatt, *The Rise and Fall of Adam and Eve: The Story That Created Us* (New York: Norton, 2018) (for Shihab al-Din al-Nuwayri and late Qur'anic exegetes); Johann Wolfgang von Goethe, *Faust*, trans. Walter Kaufman (New York: Anchor Books, 1961/1990), and the original German edition [「ヨベル書」、『新共同訳 聖書』、日本聖書協会、2007 年。ダンテ『神曲　地獄篇』平川祐弘訳、河出文庫、2008 年。ジョン・ミルトン『失楽園』上下、平井正穂訳、岩波文庫、1981 年。ヨハン・ヴォルフガング・フォン・ゲーテ『ファウスト』井上正蔵訳、『集英社ギャラリー　世界の文学 10　ドイツ』所収、集英社、1991 年]

ヒッポグリフ

Ludovico Ariosto, *Orlando Furioso* (The Frenzy of Orlando) [ルドヴィーコ・アリオスト『狂えるオルランド』上下、脇功訳、名古屋大学出版会、2001 年]

ネモ船長

Jules Verne, *Twenty Thousand Leagues Under the Sea* (translation adapted from Lewis Page Mercier) and *The Mysterious Island* [ジュール・ヴェルヌ『海底二万里』上下、村松潔訳、新潮文庫、2012 年。『神秘の島』上下、清水正和訳、福音館書店、1978 年]

フランケンシュタインの怪物

Mary Shelley, *Frankenstein; or, The Modern Prometheus*; *Frankenstein* (Universal Studios, 1931) [メアリー・シェリー『フランケンシュタイン』小林章夫訳、光文社古典新訳文庫、2010 年。映画『フランケンシュタイン』ジェイムズ・ホエール監督、1931 年]

沙悟浄

Wu Ch'êng-ên [Cheng'en], *Monkey: Folk Novel of China*, trans. Arthur Waley (New York: Grove, 1970) [『西遊記』全 10 巻、中野美代子訳、岩波文庫、

2005年。呉承恩『西遊記』上中下、伊藤貴麿訳、岩波少年文庫、2001年]

ヨナ

Jonah (Bible) [「ヨナ書」、『新共同訳 聖書』、日本聖書協会、2007年]

人形のエミリア

José Bento Renato Monteiro Lobato, *A Menina do Narizinho Arrebitado* (The Girl with the Turned-Up Nose), *O Picapau Amarelo* (The Yellow Woodpecker Ranch), and *Serões de Dona Benta* (Night Chatting with Mrs. Benta) [モンテイロ・ロバート『いたずら妖怪サッシ　密林の大冒険』小坂允雄訳、子どもの未来社、2013年]

ウェンディゴ

John Robert Colombo, ed., *Windigo: An Anthology of Fact and Fantastic Fiction* (Lincoln: University of Nebraska Press, 1983)

ハイジのおじいさん

Johanna Spyri, *Heidi* [ヨハンナ・シュピリ『アルプスの少女ハイジ』松永美穂訳、角川文庫、2021年]

かしこいエルゼ

"Clever Elsie," *Grimms' Fairy Tales*, trans. Margaret Hunt, rev. James Stern (London: Routledge and Kegan Paul, 1975) [「かしこいエルゼ」野村泫訳、『完訳グリム童話2』所収、ちくま文庫、2006年]

のっぽのジョン・シルヴァー

Robert Louis Stevenson, *Treasure Island* [ロバート・ルイス・スティーヴンスン『宝島』海保眞夫訳、岩波少年文庫、2000年]

カラギョズとハジワット

Selected Stories of Hacivat and Karagöz, ed. Zeynep Üstün, trans. Havva Aslan (Istanbul: Profil, 2008)

エミール
Jean-Jacques Rousseau, *Émile, ou De l'éducation* (Émile; or, On Education) ［ジャン・ジャック・ルソー『エミール』上下、樋口謹一訳、『ルソー全集』第6－7巻所収、白水社、1980年／82年］

シンドバッド
Les Mille et une nuits: Contes arabes (an 1823 French translation; in English *The Thousand and One Nights* or *The Arabian Nights*) ［「海のシンドバードと陸のシンドバードとの物語」（第536夜－第566夜）前島信次訳、『アラビアン・ナイト 12』所収、平凡社、1979年］

ウェイクフィールド
Nathaniel Hawthorne, "Wakefield," *Twice-Told Tales* ［N・ホーソーン、E・ベルティ『ウェイクフィールド／ウェイクフィールドの妻』柴田元幸・青木健史訳、新潮社、2004年。「ウェイクフィールド」清水武雄訳、『ナサニエル・ホーソーン珠玉短編集』所収、東京図書出版、2014年］

以下の引用についても、明記していないものはすべて著者の英訳による。

Alcott, Louisa May, *Little Women* ［ルイーザ・メイ・オルコット『若草物語』麻生九美訳、光文社古典新訳文庫、2017年］

Aquinas, Thomas, *Summa Theologica*, trans. Fathers of the English Dominican Province (New York: Benziger Brothers, 1947) ［トマス・アクィナス『神学大全』第18冊（全39冊）、稲垣良典訳、創文社、1985年］

Aristotle, *Politics*, trans. Benjamin Jowett ［アリストテレス『政治学』牛田徳子訳、京都大学学術出版会、2001年］

Augustine, *The City of God*, trans. Marcus Dods, 3 vols. (Edinburgh: T.&T. Clark, 1888), vol. 2 ［アウグスティヌス『神の国』第3巻（全5巻）、服部英次郎訳、岩波文庫、1983年］

Blumenberg, Hans, *Shipwreck with Spectator: Paradigm of a Metaphor for Existence*, trans. Steven Rendall (Cambridge: MIT Press, 1996) ［ハンス・ブルーメンベルク『難破船』池田信雄・岡部仁・土合文夫訳、哲学書房、1989年］

Borges, Jorge Luis, "Alexander Selkirk," in *El otro, el mismo* (The Other, the Same) , trans. Stephen Kessler, in Jorge Luis Borges, *Selected Poems*, ed. Alexander Coleman (New York: Viking Books; London: Allen Lane/Penguin

Press, 1999)［ホルヘ・ルイス・ボルヘス「アレグザンダー・セルカーク」斎藤幸男訳、『エル・オトロ、エル・ミスモ』所収、水声社、2004 年］
Browne, Thomas, *Religio Medici*［サー・トマス・ブラウン『医師の信仰・壺葬論』生田省悟・宮本正秀訳、松柏社、1998 年］
Calderón de la Barca, Pedro, *La vida es sueño*（Life Is a Dream）［ペドロ・カルデロン・デ・ラ・バルカ『人の世は夢／サラメアの村長』高橋正武訳、岩波文庫、1978 年］
Choisy, abbot of（François Timoléon）, *Mémoires*（Memoirs）［立木鷹志『女装の聖職者ショワジー』青弓社、2000 年］
Douglass, Frederick, The Life and Times of Frederick Douglass［フレデリック・ダグラス『数奇なる奴隷の半生　フレデリック・ダグラス自伝』岡田誠一訳、法政大学出版局、1993 年］
Die Edda（Prose Edda）, "Das Thrymlied"（The Lay of Thrym）, in *Die Isländersagas*, ed. Klaus Böld, Andreas Vollmer and Julia Zernack, 4 vols.（Frankfurt-am-Main: Fischer Verlag, 2011）［V・G・ネッケル他編『エッダ　古代北欧歌謡集』谷口幸男訳、新潮社、1973 年］
Eisenstein, Elizabeth L., *The Printing Press as an Agent of Change*（Cambridge: Cambridge University Press, 1980）［E・L・アイゼンスタイン『印刷革命』別宮貞徳監訳、みすず書房、1987 年］
Euripides, *Fragments*, vol. 7: *Aegeus–Meleager*, ed. and trans. Christopher Collard and Martin Cropp（Cambridge: Harvard University Press, 2008）［「フェニキアの女たち」松平千秋編、『世界古典文学全集 9　エウリピデス』所収、筑摩書房、1965 年］
Goethe, Johann Wolfgang von, *West-östlicher Divan*（West-East Divan）［ヨハン・ヴォルフガング・フォン・ゲーテ「西東詩集」生野幸吉訳、『ゲーテ全集 2』所収、潮出版社、1980 年］
Hedayat, Sadegh, *The Blind Owl and Other Hedayat Stories*, ed. Russell P. Christensen, trans. Iraj Bashiri（Minneapolis: Sorayya, 1985）［サーデグ・ヘダーヤト『盲目の梟』中村公則訳、白水社、1983 年］
Homer, *The Odyssey*, trans. Samuel Butler（London: A. C. Fifield, 1900）（translation modified, including changing "Ulysses" to "Odysseus"）［ホメロス『オデュッセイア』上下、松平千秋訳、岩波文庫、1994 年］
Jung, Carl Gustav, "Commentary on 'The Secret of the Golden Flower,'" in *Alchemical Studies*, trans. R. F. C. Hull（Princeton: Princeton University Press, 1957）［カール・グスタフ・ユング『ユング、『ユリシーズ』を読む』小

田井勝彦・近藤耕人訳、小鳥遊書房、2023 年]
Laux, Dorianne, “Superman,” *The Book of Men: Poems*（New York: Norton, 2011）
Luis de Góngora y Argote, “Soneto”（sometimes titled “A un sueño” or “Varia imaginación...”）, in *Sonetos completos*
Magritte, René, “Ligne de vie”（Lifeline）, in *Écrits complets*（Complete Writings）（Paris: Flammarion, 1979）
Malraux, André, *La voie royale*（The Way of Kings）［アンドレ・マルロー『王道』渡辺淳訳、講談社文芸文庫、2000 年］
Miles, Jack, *God: A Biography*（New York: Random House, 1995）［ジャック・マイルズ『GOD　神の伝記』秦剛平訳、青土社、1997 年］
Neruda, Pablo, *Veinte poemas de amor y una canción desesperada*（Twenty Love Poems and a Song of Despair）, poem 15［パブロ・ネルーダ「二十の愛の詩と一つの絶望の詩」田村さと子訳、『ネルーダ詩集』（海外詩文庫）所収、思潮社、2004 年］
Nietzsche, Friedrich, *Ecce Homo: Wie man wird, was man ist*（Ecce Homo: How One Becomes What One Is）［フリードリヒ・ニーチェ『この人を見よ』丘沢静也訳、光文社古典新訳文庫、2016 年］
Plato, *Republic*, trans. Paul Shorey, in *The Collected Dialogues*, ed. Edith Hamilton and Huntington Cairns（Princeton: Princeton University Press, 1961）［プラトン『国家』上下、藤沢令夫訳、岩波文庫、1979 年］
Proudhon, Pierre-Joseph, *Solution du problème social*（Solution to the Social Problem）
Proust, Marcel, *La prisonnière*（The Captive）［マルセル・プルースト「囚われの女」井上究一郎訳、『失われた時を求めて』第 8 巻所収、ちくま文庫、1993 年］
Rulfo, Juan, “¿No oyes ladrar los perros?”（Can’t You Hear the Dogs Bark?）, in *El Llano en llamas*［フアン・ルルフォ「犬の声は聞こえんか」杉山晃訳、『燃える平原』所収、岩波文庫、2008 年］
Sade, marquis de, *Justine; ou, Les malheurs de la vertu*（Justine; or, The Misfortunes of Virtue）［マルキ・ド・サド『美徳の不幸』澁澤龍彥訳、河出文庫、1992 年］
Sartwell, Crispin, *Six Names of Beauty*（London: Routledge, 2004）
Scève, Maurice, “La gorge”（The Neck）, in *Délie, objet de plus haute vertu*（Délie: Object of Highest Virtue）［モーリス・セーヴ『デリ　至高の徳の対象』加

藤美雄訳、青山社、1990 年］
Scott, Walter, *Rokeby: A Poem*
Shakespeare, William, *Romeo and Juliet*; *King Lear*［ウィリアム・シェイクスピア『ロミオとジュリエット』『リア王』小田島雄志訳、白水 U ブックス、1983 年］
Stevenson, Robert Louis, “El Dorado,” in *Virginibus Puerisque*
Tolstoy, Lev, *The Death of Ivan Ilyich and Other Stories*, trans. Louise and Aylmer Maude（Jerusalem: Minerva Publishing, 2018）［レフ・トルストイ『イワン・イリイチの死』望月哲男訳、光文社古典新訳文庫、2006 年］
Veyne, Paul, *Did the Greeks Believe in Their Myths? An Essay on the Constitutive Imagination*, trans. Paula Wissing（Chicago: University of Chicago Press, 1988）［ポール・ヴェーヌ『ギリシア人は神話を信じたか　世界を構成する想像力にかんする試論』大津真作訳、法政大学出版局、1985 年］